阅读之前 没有真相

午 夜 文 库

阿加莎·克里斯蒂

马普尔小姐系列

阿加莎·克里斯蒂

Agatha Christie (1890—1976)

无可争议的侦探小说女王，侦探文学史上最伟大的作家之一。

阿加莎·克里斯蒂原名为阿加莎·玛丽·克拉丽莎·米勒，一八九〇年九月十五日生于英国德文郡托基的阿什菲尔德宅邸。她几乎没有接受过正规的教育，但酷爱阅读，尤其痴迷于歇洛克·福尔摩斯的故事。

第一次世界大战期间，阿加莎·克里斯蒂成了一名志愿者。战争结束后，她创作了自己的第一部侦探小说《斯泰尔斯庄园奇案》。几经周折，作品于一九二〇年正式出版，由此开启了克里斯蒂辉煌的创作生涯。一九二六年，《罗杰疑案》由哈珀柯林斯出版公司出版。这部作品一举奠定了阿加莎·克里斯蒂在侦探文学领域不可撼动的地位。之后，她又陆续出版了《东方快车谋杀案》《ABC 谋杀案》《尼罗河上的惨案》《无人生还》《阳光下的罪恶》等脍炙人口的作品。时至今日，这些作品依然是世界侦探文学宝库里最宝贵的财富。根据她的小说改编而成的舞台剧《捕鼠器》，已经成为世界上公演场次最多的剧目；而在影视改编方面，《东方快车谋杀案》为英格丽·褒曼斩获奥斯卡大奖，《尼罗河上的惨案》更是成为几代人心目中的经典。

阿加莎·克里斯蒂的创作生涯持续了五十余年，总共创作了八十余部侦探小说。她的作品畅销全世界一百多个国家和地区，累计销量已经突破二十亿册。她创造的小胡子侦探波洛和老处女侦探马普尔小姐为读者津津乐道。阿加莎·克里斯蒂是柯南·道尔之后最伟大的侦探小说作家，是侦探文学黄金时代的开创者和集大成者。一九七一年，英国女王授予克里斯蒂爵士称号，以表彰其不朽的贡献。

一九七六年一月十二日，阿加莎·克里斯蒂逝世于英国牛津郡沃灵福德家中，被安葬于牛津郡的圣玛丽教堂墓园，享年八十五岁。

波洛系列

1920 The Mysterious Affair at Styles《斯泰尔斯庄园奇案》
1923 Murder on the Links《高尔夫球场命案》
1924 Poirot Investigates《首相绑架案》
1926 The Murder of Roger Ackroyd《罗杰疑案》
1927 The Big Four《四魔头》
1928 The Mystery of the Blue Train《蓝色列车之谜》
1932 Peril at End House《悬崖山庄奇案》
1933 Lord Edgware Dies《人性记录》
1934 Murder on the Orient Express《东方快车谋杀案》
1935 Three—Act Tragedy《三幕悲剧》
1935 Death in the Clouds《云中命案》
1936 The ABC Murders《ABC 谋杀案》
1936 Murder in Mesopotamia《古墓之谜》
1936 Cards on the Table《底牌》
1937 Dumb Witness《沉默的证人》
1937 Death on the Nile《尼罗河上的惨案》
1937 Murder in the Mews《幽巷谋杀案》
1938 Appointment with Death《死亡约会》
1938 Hercule Poirot's Christmas《波洛圣诞探案记》
1940 Sad Cypress《H 庄园的午餐》
1940 One, Two, Buckle My Shoe《牙医谋杀案》
1941 Evil Under the Sun《阳光下的罪恶》
1943 Five Little Pigs《五只小猪》
1946 The Hollow《空幻之屋》
1947 The Labours of Hercules《赫尔克里·波洛的丰功伟绩》
1948 Taken at the Flood《顺水推舟》
1952 Mrs. McGinty's Dead《清洁女工之死》
1953 After the Funeral《葬礼之后》
1955 Hickory Dickory Dock《山核桃大街谋杀案》
1956 Dead Man's Folly《弄假成真》
1959 Cat Among the Pigeons《鸽群中的猫》
1960 The Adventure of the Christmas Pudding《雪地上的女尸》

1963 The Clocks《怪钟疑案》

1966 Third Girl《第三个女郎》

1969 Hallowe'en Party《万圣节前夜的谋杀》

1972 Elephants Can Remember《大象的证词》

1974 Poirot's Early Stories《蒙面女人》

1975 Curtain—Poirot's Last Case《帷幕》

马普尔小姐系列

1930 The Murder at the Vicarage《寓所谜案》

1932 The Thirteen Problems《死亡草》

1942 The Body in the Library《藏书室女尸之谜》

1943 The Moving Finger《魔手》

1950 A Murder Is Announced《谋杀启事》

1952 They Do It with Mirrors《借镜杀人》

1953 A Pocket Full of Rye《黑麦奇案》

1957 4.50 from Paddington《命案目睹记》

1962 The Mirror Crack'd from Side to side《破镜谋杀案》

1964 A Caribbean Mystery《加勒比海之谜》

1965 At Bertram's Hotel《伯特伦旅馆》

1971 Nemesis《复仇女神》

1976 Sleeping Murder《沉睡谋杀案》

1979 Miss Marple's Final Cases《马普尔小姐最后的案件》

其他系列及非系列

1922 The Secret Adversary《暗藏杀机》

1924 The Man in the Brown Suit《褐衣男子》

1925 The Secret of Chimneys《烟囱别墅之谜》

1929 Partners in Crime《犯罪团伙》

1929 The Seven Dials Mystery《七面钟之谜》

1930 The Mysterious Mr. Quin《神秘的奎因先生》

1931 The Sittaford Mystery《斯塔福特疑案》

1933 The Witness for the Prosecution《控方证人》

1934 Why Didn't They Ask Evans?《悬崖上的谋杀》

1934 The Listerdale Mystery《金色的机遇》

阿加莎·克里斯蒂 侦探作品年表

1934 Parker Pyne Investigates《惊险的浪漫》

1939 Murder Is Easy《逆我者亡》

1939 And Then There Were None《无人生还》

1941 N or M?《桑苏西来客》

1944 Towards Zero《零点》

1945 Sparkling Cyanide《闪光的氰化物》

1945 Death Comes as the End《死亡终局》

1949 Crooked House《怪屋》

1950 Three Blind Mice and Other Stories《三只瞎老鼠》

1951 They Came to Baghdad《他们来到巴格达》

1954 Destination Unknown《地狱之旅》

1958 Ordeal by Innocence《奉命谋杀》

1961 The Pale Horse《灰马酒店》

1967 Endless Night《长夜》

1968 By the Pricking of My Thumbs《煦阳岭的疑云》

1970 Passenger to Frankfurt《天涯过客》

1973 Postern of Fate《命运之门》

1997 While the Light Lasts《灯火阑珊》

出版前言

纵观世界侦探文学一百七十余年的历史，如果说有谁已经超脱了这一类型文学的类型化束缚，恐怕我们只能想起两个名字——一个是虚构的人物歇洛克·福尔摩斯，而另一个便是真实的作家阿加莎·克里斯蒂。

阿加莎·克里斯蒂以她个人独特的魅力创造了侦探文学史上无数的传奇：她的创作生涯长达五十余年，一生撰写了八十余部侦探小说；她开创了侦探小说史上最著名的“黄金时代”；她让阅读从贵族走入家庭，渗透到每个人的生活中；她的作品被翻译成一百多种文字，畅销全球一百五十余个国家，作品销量与《圣经》《莎士比亚戏剧集》同列世界畅销书前三名；她的《罗杰疑案》《无人生还》《东方快车谋杀案》《尼罗河上的惨案》都是侦探小说史上的经典；她是侦探小说女王，因在侦探小说领域的独特贡献而被册封为爵士；她是侦探小说的符号和象征。她本身就是传奇。沏一杯红茶，配一张躺椅，在暖暖的阳光下读阿加莎的小说是一种生活方式，是惬意的享受，也是一种态度。

午夜文库成立之初就试图引进阿加莎的作品，但几次都与版权擦肩而过。随着午夜文库的专业化和影响力日益增强，阿加莎·克里斯蒂的版权继承人和哈珀柯林斯出版公司主动要求将版权独家授予新星出版社，并将阿加莎系列侦探小说并入午夜文库。这是对我们长期以来执着于侦探小说出版的褒奖，是对我们的信任与鼓励，更是一种压力和责任。

新版阿加莎·克里斯蒂作品由专业的侦探小说翻译家以最权威的英文版本为底本，全新翻译，并加入双语作品年表和阿加莎·克里斯蒂家族独家授权的照片、手稿等资料，力求全景展现“侦探女王”的风采与魅力。使读者不仅欣赏到作家的巧妙构思、离奇桥段和睿智语言，而且能体味到浓郁的英伦风情。

阿加莎作品的出版是一项系统工程，规模庞大，我们将努力使之臻于完美。或存在疏漏之处，欢迎方家指正。

新星出版社

午夜文库编辑部

Agatha Christie

Over the next few years, we plan to celebrate two very important Agatha Christie anniversaries. In 2015, it is the 125th anniversary of her birth in Torquay, South Devon, England, and in 2020 it will be 100 years after her first book, THE MYSTERIOUS AFFAIR AT STYLES, featuring her famous detective, Hercule Poirot, was published. This is therefore a very appropriate moment to publish a new edition of her works, and I am delighted that HarperCollins has chosen to work with New Star on these new editions. New Star is China's top crime publisher, and has a strong and dedicated editorial staff and a confirmed passion for Agatha Christie, making them the ideal partner. It is the right time to make these classic books available in modern translations and so to bring Agatha Christie's books anew to her many fans in China, giving them a new reason to re-read these much-loved stories, as well as introducing them to a whole new audience. How delighted Agatha Christie would have been that her stories (as she called them) are still giving so much pleasure to so many people all over the world!

I think there are two very remarkable things about Agatha Christie's stories. The first is that they are so adaptable. It doesn't really matter which language they appear in, the stories and the plots still give the same thrill, still provide the same puzzles, and the characters still have the same attraction. Readers in China will I am sure enjoy Hercule Poirot and Miss Marple just as much as we do in England, and readers in China will still be transfixed by the surprises and horrors of AND THEN THERE WERE NONE, one of the great classics of 20th century detective fiction, as we are here.

Agatha Christie

The second is that the stories give a wonderful picture of England, particularly rural England, at the time Agatha Christie lived. She wrote books from 1920 until 1970 but it is sometimes hard to tell which part of her life each book was written in. Her characters and the life they lived were very much the same. The life we all live is changing very quickly these days but "the Agatha Christie world stays the same." Perhaps the Miss Marple stories provide the best example of this, and in some ways THE BODY IN THE LIBRARY and NEMESIS are quite similar, despite the fact that thirty years elapsed between the time they were written.

Perhaps I might end by mentioning three Agatha Christies (other than the ones mentioned above) which I think demonstrate why she is so popular, even in the twenty-first century. The first is MURDER ON THE ORIENT EXPRESS, one of the most famous with one of the most ingenious and human plots. Read this on one of your long train journeys in China! Next is A MURDER IS ANNOUNCED, a Miss Marple which was her 50th book. It has my favourite murderer in it! And last is ENDLESS NIGHT a story about evil and how it affects three young people, written at the time when I knew her best, and understood how deeply she cared and sympathised with young people and the world they lived in.

Whichever are your favourites I hope you enjoy these stories that New Star are introducing to you again. I think it is a great publishing event.

Mathew Prichard

Grandson of Agatha Christie

Chairman of Agatha Christie Ltd

致中国读者

（午夜文库版阿加莎·克里斯蒂作品集序）

在接下来的几年中，我们将要筹备两个非常重要的关于阿加莎·克里斯蒂的纪念日。二〇一五年是她的一百二十五岁生日——她于一八九〇年出生于英国的托基市；二〇二〇年则是她的处女作《斯泰尔斯庄园奇案》问世一百周年的日子，她笔下最著名的侦探赫尔克里·波洛就是在这本书中首次登场。因此新星出版社为中国读者们推出全新版本的克里斯蒂作品恰逢其时，而且我很高兴哈珀柯林斯选择了新星来出版这一全新版本。新星出版社是中国最好的侦探小说出版机构，拥有强大而且专业的编辑团队，并且对阿加莎·克里斯蒂的作品极有热情，这使得他们成为我们最理想的合作伙伴。如今正是一个良机，可以将这些经典作品重新翻译为更现代、更权威的版本，带给她的中国书迷，让大家有理由重温这些备受喜爱的故事，同时也可以将它们介绍给新的读者。如果阿加莎·克里斯蒂知道她的小故事们（她这样称呼自己的这些作品）仍然能给世界上这么多人带来如此巨大的阅读享受，该有多么高兴啊！

我认为阿加莎·克里斯蒂的作品有两个非常重要的特征。首先它们是非常易于理解的。无论以哪种语言呈现，故事和情节都同样惊险刺激，呈现给读者的谜团都同样精彩，而书中人物的魅力也丝毫不受影响。我完全可以肯定，中国的读者能够像我们英国人一样充分享受赫尔克里·波洛和马普尔小姐带来的乐趣；中国读者也会和我们一样，读到二十世纪最伟大的侦探经典作品——比如《无人生还》——的时候，被震惊和恐惧牢牢钉在原地。

第二个特征是这些故事给我们展开了一幅英国的精彩画卷，特别是阿加莎·克里斯蒂那个年代的英国乡村。她的作品写于二十世纪二十年代至七十年代间，不过有时候很难说清楚每一本书是在她人生中的哪一段日子里写下的。她笔下的人物，以及他们的生活，多多少少都有些相似。如今，我们的生活瞬息万变，但“阿加莎·克里斯蒂的世界”依旧永恒。也许马普尔小姐的故事提供了最好的范例：《藏书室女尸之谜》与《复仇女神》看起来颇为相似，但实际上它们的创作年代竟然相差了三十年。

最后，我想提三本书，在我心目中（除了上面提过的几本之外）这几本最能说明克里斯蒂为什么能够一直受到大家的喜爱。首先是《东方快车谋杀案》，最著名，也是最机智巧妙、最有人性的一本。当你在中国乘火车长途旅行时，不妨拿出来读读吧！第二本是《谋杀启事》，一个马普尔小姐系列的故事，也是克里斯蒂的第五十本著作。这本书里的诡计是我个人最喜欢的。最后是《长夜》，一个关于邪恶如何影响三个年轻人生活的故事。这本书的写作时间正是我最了解她的时候。我能体会到她对年轻人以及他们生活的世界关心至深。

现在新星出版社重新将这些故事奉献给了读者。无论你最爱的是哪一本，我都希望你能感受到这份快乐。我相信这是出版界的一件盛事。

阿加莎·克里斯蒂外孙

阿加莎·克里斯蒂有限责任公司董事长

马修·普理查德

二〇一三年二月二十日

阿加莎·克里斯蒂侦探作品集⑧0

黑麦奇案

A Pocket Full of Rye

Agatha Christie®

（英）阿加莎·克里斯蒂 著
辛可加 译

新 星 出 版 社 NEW STAR PRESS

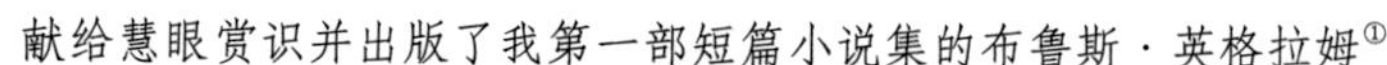

①布鲁斯·英格拉姆，*Sketch* 杂志的主编。他阅读了一些早期波洛小说之后对阿加莎很是赏识，建议她写更多的短篇小说在杂志上发表，故阿加莎短篇小说大多均在该杂志上发表而后整合成集。

第一章

今天轮到索莫斯小姐泡茶。在一众打字员中，索莫斯小姐资历最浅，效率也最低。她已经不年轻了，长着一张绵羊般温驯而忧郁的脸。索莫斯小姐倒水冲茶时，水其实还没全开，但可怜的索莫斯小姐从来都搞不清楚水怎样才算真正烧开。这是她生活中的诸多烦恼之一。

她倒好茶，将茶杯挨个摆到茶碟上，再分别配上两片酥松香甜的饼干。

干练的打字员主管格里菲斯小姐头发花白，一丝不苟，已在联合投资信托公司就职十六年。她厉声说："水又没开，索莫斯！"索莫斯小姐那忧郁而温驯的脸顿时涨得通红，她答道："天哪，我真的以为这次煮开了。"

格里菲斯小姐暗想：现在忙成这样，可能还得多留她一个月……真是的！给东方发展公司的那封函件都被这白痴搞砸了——本来是很简单的活儿；而且她连茶都沏得一塌糊涂。要不是能干的打字员太难找——上次饼干罐的盖子也没盖紧。实在是——

格里菲斯小姐的愤慨思绪时常半途中断，这次也不例外。

此时，葛罗斯文纳小姐落落大方地进来沏弗特斯科先生的“圣茶”。弗特斯科先生备有好几种不同的茶叶、不同的陶瓷茶具和与众不同的饼干，只有水壶和从衣帽间水龙头接的水跟大家一样。既然这次是给弗特斯科先生沏茶，当然要烧开了。葛罗斯文纳小姐来负责。

葛罗斯文纳小姐是一位风姿绰约的金发美女。她身着华美的黑色套装，匀称的双腿裹在质地最棒、价格最贵的黑色尼龙袜里。

她坦然穿过打字室，根本不屑于跟谁说句话，也不曾屈尊看谁一眼。在她眼中，这些打字员无异于一群蟑螂。葛罗斯文纳小姐是弗特斯科先生的私人秘书，有人不怀好意地议论说他们可能有一腿，但其实没那回事。弗特斯科先生最近刚刚再婚，新婚妻子不仅迷人，而且很会花钱，完全捆住了他的心。对弗特斯科先生而言，葛罗斯文纳小姐只是办公室里必要装饰的一部分——这些装饰全都十分奢华昂贵。

葛罗斯文纳小姐煞有介事地端着茶盘走回去，简直像端着一盘祭品。她穿过里间办公室和接待重要客户的会客室，然后是她驻守的前厅，敲了敲门，才踏入最最神圣之地——弗特斯科先生的办公室。

这间屋子很大，泛着光的木地板上点缀着几块价值不菲的东方毛毯。墙上有几个精致的浅色木格子，屋里还摆着几张宽敞的椅子，都覆着浅色软皮。整间办公室的中央焦点位置，是一张巨大的枫木办公桌，坐在桌子后面的，正是弗特斯科先生。

与这间办公室相比，弗特斯科先生的气场稍显逊色，但他已经很不错了。他体格宽大而松垮，头顶秃得发亮。在位于市区的办公室穿这种风格随意的休闲花呢服，显得有点做作。他正对着桌上的几份文件皱眉头时，葛罗斯文纳小姐如天鹅般翩然而至，将茶盘放到旁边的桌面上，以公事公办的口吻低声说：“您的茶来了，弗特斯科先生。”

随即告退。

弗特斯科先生咕哝一声表示知道了。

葛罗斯文纳小姐坐回自己的办公桌前，继续忙手头的事情。她打了两个电话，修订了几封准备交由弗特斯科先生签名的文件，又接了一通电话。

“现在恐怕不行，”她以傲慢的口吻答道，“弗特斯科先生正在开会。”

她放下听筒，看了一眼时钟，十一点十分。

恰在此时，弗特斯科先生办公室那隔音效果很好的房门里，传出一阵不太正常的声音。虽然含混不清，但却听得出是近乎窒息的惨叫。与此同时，葛罗斯文纳小姐桌上的蜂鸣器发出长长的、癫狂的召唤。葛罗斯文纳小姐一时惊得僵住了，然后才迟疑着站起身。突如其来的状况动摇了她的镇定。但她依然端出平时的优雅姿态，来到弗特斯科先生门口，敲敲门走了进去。

眼前的景象令她更为恐慌。办公桌后的老板面容扭曲，似乎极为痛苦。他浑身痉挛的样子相当骇人。

葛罗斯文纳小姐说：“我的天，弗特斯科先生，你病了？”话刚出口她就觉得自己特别傻。毫无疑问，弗特斯科先生病得很厉害。她走上前，见他的身体正一阵接一阵地痛苦抽搐。

他气喘吁吁，憋出零零散散的几句话：

“茶——你在茶里……放了什么鬼东西……去找人……赶紧叫医生来——”

葛罗斯文纳小姐慌忙逃走。她再也不是那个高傲的女秘书，而是彻底变成了一个恐惧之下方寸大乱的女人。

她冲进打字室，大声喊道：

“弗特斯科先生出事了——他快死了——得找个医生——他看上去很糟糕——我看他就要死了。”

众人立即反应过来，但表现却各不相同。

最年轻的打字员贝尔小姐说：“如果犯了羊角风，我们得往他嘴里放个软木塞。谁有软木塞？”

谁都没有软木塞。

索莫斯小姐说：“他这个年纪，估计是中风。”

格里菲斯小姐则说：“去找医生——马上去。”

然而她平日的高效率却无法发挥，因为她在此就职十六年来，还从没有请医生来办公室的经验。她自己的医生远在史翠珊区。这附近有医生吗？

谁也不知道。贝尔小姐抓起电话簿，开始在“D”字头的目录下查找“医生”。但这本电话簿没有按职业分类，医生的名单并不像排队等候载客的出租车那样一目了然。有人提议和医院联系——但该找哪家医院呢？“可不能搞错，”索莫斯小姐坚持说，“不然他们不会来的。我的意思是，按照‘国民健康服务制度’的要求，必须找本地区的医院才行。”

有人提议拨打“999”报警电话，但格里菲斯小姐吓了一跳，说那会招来警察，不合适。这群享受着全民医疗福利保障的高素质妇女，竟对正确的求救措施表现出了惊人的无知。贝尔小姐开始在“A”字头下寻找“救护车”。格里菲斯小姐说：“他的医生——他肯定有私人医生吧。”有人急忙找来老板的私人通讯录。格里菲斯小姐指派办公室里的勤杂工去请医生——不管用什么办法，随便去哪里找都行。她在通讯录里发现一位住在哈利街的埃德温·桑德曼爵士。葛罗斯文纳小姐则瘫在椅子里，低声啜泣着，语气再也不像平时那么高贵：“我和以前一样沏的茶——真的——不可能有问题才对啊。”

“茶有问题？”格里菲斯小姐正拨号的手一顿，“这话怎么说？”

“是他说的——弗特斯科先生——他说茶有问题。”

格里菲斯小姐举棋不定，不知该联系维尔贝克医院还是拨“999”。年轻而乐观的贝尔小姐说：“要不给他喂点芥末，掺水喝——抓紧。难道办公室里没有芥末吗？”

办公室里的确没有芥末。

过了一会儿，两辆救护车抵达大楼门口。贝思纳尔格林区的艾萨克斯医生和埃德温·桑德曼爵士在电梯内不期而遇。电话和勤杂工都发挥了作用。

第二章

尼尔警督坐在弗特斯科先生办公室里那张巨大的枫木办公桌后，一名下属拿着记事本，低调地坐在靠近门口的墙边。

尼尔警督看起来颇具军人风范，短短的褐色卷发从低低的前额往后长。每次他嘀咕“例行公事而已”时，被问询的人难免恨恨地心想：你大概也只懂得例行公事吧！他们真是大错特错。虽然尼尔警督貌似缺乏想象力，但实际上他的思维极为活跃，而且他的调查方法之一，就是设想出种种天花乱坠的犯罪手法，加诸他审问的对象身上。

他眼光毒辣，一开始便看出格里菲斯小姐是向他陈述案情始末的最佳人选，而她确实不负所望，介绍完今早发生的一切，刚走出门去。这位忠心耿耿的打字室老员工会不会趁老板用早茶时在杯中下毒？尼尔警督构思了三条精彩纷呈的理由，又觉得不太可能，于是放弃了。

他历数格里菲斯小姐的几点特征：第一，不是下毒的那种人；第二，跟老板不存在恋爱关系；第三，没有精神失常的迹象；第四，不是会记仇的女人。那么，基本可排除格里菲斯小姐的嫌疑，从而视她为可靠的消息来源。

尼尔警督看了看电话。他预计圣裘德医院随时会打电话来。

当然，弗特斯科先生突然发病也可能是自然原因，但贝思纳尔格林区的艾萨克斯医生、哈利街的埃德温·桑德曼爵士对此都不以为然。

尼尔警督按下手边的电铃，叫人去请弗特斯科先生的私人秘书。

葛罗斯文纳小姐稍稍冷静了些，但情绪仍不太稳定。她战战兢兢地进来，全无平日天鹅般的优雅姿态，急忙自辩道：

“不是我干的！”

尼尔警督不失幽默地应道：“真的不是？”

他指了指一张椅子——葛罗斯文纳小姐通常就是拿着便条本坐在那儿记录弗特斯科先生口述的信件。她勉强坐下，警惕地瞄了尼尔警督一眼。诱奸？勒索？法庭上的金发美女？一系列关键词在警督的脑海中活灵活现，他思索的样子令人安心，看着还有点傻气。

“茶没有问题，”葛罗斯文纳小姐说，“绝不可能有问题。”

“知道了，”尼尔警督说，“请问你的姓名和住址是？”

“葛罗斯文纳。艾琳·葛罗斯文纳。”

“怎么拼？”

“哦，和葛罗斯文纳广场一样。”

“住址呢？”

“穆斯维尔山，拉什莫尔路十四号。”

尼尔警督满意地点点头。

不存在诱奸，他心想。没有什么“私筑爱巢”。跟父母同住，那地方名声很好。也不会是勒索。

又一套异想天开的理论破灭了。

“那么，沏茶的人是你？”他温和地问道。

“嗯，不沏不行啊。我是指，一向都由我沏茶。”

尼尔警督不慌不忙地请她详细描述弗特斯科先生用早茶的程序。茶杯、茶碟、茶壶都打包送去有关部门化验了。现在尼尔警督掌握的情况是：碰过那套茶杯、茶碟和茶壶的，有且只有艾琳·葛罗斯文纳一人。烧水的水壶先用来给打字员们沏了茶，然后葛罗斯文纳小姐才拿去衣帽间重新接水。

“茶叶呢？”

“是弗特斯科先生自备的茶叶，特等中国茶。一直都放在隔壁我办公室的架子上。”

尼尔警督点点头。他又问起糖，回答是弗特斯科先生喝茶不加糖。

电话响了。尼尔警督拎起听筒，脸色微微一变。

“是圣裘德医院吗？”

他点头示意葛罗斯文纳小姐可以走了。

“暂时先这样，谢谢，葛罗斯文纳小姐。”

葛罗斯文纳小姐连忙快步走出房间。

尼尔警督仔细倾听来自圣裘德医院那边细微且不带任何感情的声音。一边听对方说着，一边用铅笔在面前的吸墨纸一角画了几个神秘的符号。

“你说五分钟前死了？”他看看腕上的手表，在吸墨纸上写下“十二点四十三分”。

那不带感情的声音说，伯恩斯多夫医生要亲自和尼尔警督说话。

尼尔警督答道：“行，让他接过来吧。”对方本来已在官腔中加上了一丝敬畏之意，听了这话，不免有些惊讶。

然后听筒里咔嗒咔嗒一会儿，然后又嗡嗡几声，接着是似有似无的低语。尼尔警督十分耐心地坐着等。

突然，一阵低吼爆发出来，他只得把听筒从耳边移开一小段。

“哈，尼尔，你这头老秃鹰，又在对付尸体？”

尼尔警督和圣裘德医院的伯恩斯多夫医生曾在一年多前的一起毒杀案中有过合作，之后就成了朋友。

“听说我们送去的人死了，医生。”

“对。送来的时候已经晚了。”

“死因是什么？”

“那还有待进一步验尸。很有意思的案子，真的很有意思。我很乐意参与。”

伯恩斯多夫的大嗓门里包含着的那种职业热情，至少告诉了尼尔警督一件事。

“看来你觉得他不是自然死亡。”他平静地说。

“屁大的可能都没有，”伯恩斯多夫医生斩钉截铁，“当然，这并非我的正式答复。”

“那是，那是。我理解。中毒对吗？”

“完全正确。不仅如此——请谅解，这也是我的非正式观点，偷偷告诉你——我准备跟你赌一赌他具体中了什么毒。”

“真的？”

“紫杉碱，老兄。是紫杉碱。”

“紫杉碱？从没听说过。”

“我知道。这很不寻常，极其不寻常，太令人兴奋了！要不是我三四个星期以前刚好接手过一个类似病例，恐怕我都没法发觉。两个小孩玩过家家，采了紫杉树上的浆果来沏茶，结果中毒了。”

“就是那东西？紫衫果？”

“果实或树叶都有可能。毒性非常高。当然咯，紫杉碱属于一种生物碱，印象中从没听过故意使用的案例。太有意思了，太特别了……尼尔，你都不知道我们对除草剂那种躲都躲不开的东西有多厌烦。紫杉碱真是一份大礼。当然，我也可能搞错了——老天在上，千万别说是我说的——但应该八九不离十吧。想必你也来精神了？一反常规啊！”

“大家要集体庆祝一番吗？被害人除外。”

“对，对，可怜的家伙，”伯恩斯多夫的语气颇为敷衍，“算他倒了大霉。”

“他临死前有没有说点什么？”

“唔，你的一个手下拿着本子守在他旁边，回头会找你详细汇报。他含含糊糊提到茶——说他在办公室喝的茶里头被人加了什么东西——简直胡扯。”

“为什么是胡扯？”尼尔警督正尽情想象迷人的葛罗斯文纳小姐往茶水中加入紫衫果的古怪场景，一听最后这句，顿时厉声追问。

“因为那东西不可能那么快见效。据说他刚喝完茶，症状就出现了？”

“她们是这么说的。”

“嗯，很少有毒药能达到这种立竿见影的效果，当然，氰化物除外——纯尼古丁也有可能。”

“确定能排除氰化物或尼古丁吗？”

“老兄，如果是那些，没等救护车赶到他就完蛋了。不，不可能。我倒怀疑过马钱子碱，但痉挛却不是马钱子碱中毒的典型症状。依我的非正式结论，赌上我的名誉，一定是紫杉碱。”

“服下后多久才发作？”

“看情况，一个小时吧，两三个小时也有可能。死者似乎胃口不错，如果他早餐吃得很多，毒性发作相应就会晚一些。”

“早餐啊，”尼尔警督若有所思，“嗯，看来问题出在早餐。”

“与波吉亚家族[①] 共进早餐，”伯恩斯多夫医生大笑，“老兄，那就祝你好运了。”

“谢了，医生，先别挂断，我想找巡官说几句。”

又是咔嗒咔嗒、嗡嗡嗡嗡和若有若无的人声。随后，传来一阵沉重的呼吸，海伊巡官开口之前的必经步骤。

“长官，”他急匆匆地说，“长官。”

“我是尼尔。死者留下什么有价值的遗言了吗？”

“他说茶有问题，在办公室喝的那杯茶。但医生说不是……”

“嗯，我已经知道了。没别的了？”

“没了，长官。不过有件怪事。他穿的西装——我检查过口袋里的东西，都很平常——手帕、钥匙、零钱、钱包什么的，但有一样东西很特别。外套右边口袋里，有一些谷物。”

“谷物？”

“是的，长官。”

“谷物是什么意思？你是指早餐吃的东西，市面上卖的那种麦片，还是玉米粒、大麦之类？”

“是啊，长官，就是谷粒，我看有点像黑麦。量还挺多。”

“懂了……奇怪……不过，也许是样品——说不定跟某桩生意有关。”

“我想也是，长官，但我觉得最好跟你说一声。”

“很好，海伊。”

---

①波吉亚家族是十五至十六世纪影响整个欧洲的西班牙裔意大利贵族家庭，拥有庞大的政治势力和财富，同时也树敌无数，据称该家族善用毒药进行谋杀。

尼尔警督放下听筒，目光茫然地呆坐了好一会儿。他那缜密的思维由调查的第一阶段跨入第二阶段——从疑似毒杀到确认毒杀。伯恩斯多夫医生的结论虽然是非正式的，但他认准的方向一般不会错。雷克斯·弗特斯科死于毒杀，下毒的时间可能在最初症状出现前一到三小时。所以，公司的职员们看来摆脱嫌疑了。

尼尔站起身，走到外间办公室。众人还在有一搭没一搭地工作，但打字员们并没有全力以赴。

“格里菲斯小姐？可以和你谈谈吗？”

“当然，尼尔先生。能不能让几个人去吃午餐？正常的午餐时间过去很久了。或者叫外卖更合适？”

“没关系，可以出去吃，但吃完必须回来。”

“那当然。”

格里菲斯小姐跟着尼尔回到弗特斯科的私人办公室，镇定地迅速坐下。

尼尔警督毫不拐弯抹角：

“据圣裘德医院的通知，弗特斯科先生十二点四十三分去世了。”

听到这一消息，格里菲斯小姐并不惊讶，只是摇了摇头。

“当时我就觉得他的情况非常严重。”她说。

尼尔注意到，她一点也不悲伤。

“能否请你详细介绍他的家庭背景，以及他的家人？”

“没问题。我已经试着联系弗特斯科太太，但她好像去打高尔夫球了，不准备回家吃午餐。不太确定她在哪个球场，”她又解释说，“他们住在‘贝顿石楠林’，那地方刚好位于三个著名的高尔夫球场之间。”

尼尔警督点点头。住在贝顿石楠林的几乎全是伦敦的有钱人。那里乘火车非常方便，离伦敦仅二十英里，即便在早晚高峰期，驾车往返也相当便捷。

“具体地址和电话号码是？”

“贝顿石楠林三四〇〇号，他们家名叫‘紫杉小筑’。”

“什么？”尼尔警督忍不住失声惊问，“你说‘紫杉小筑’？”

“是的。”

格里菲斯小姐流露出一丝好奇，但尼尔警督立即稳住了情绪。

“请说说他家里的情况？”

“弗特斯科太太是他第二任妻子，比他年轻得多。他们结婚差不多两年了。第一任弗特斯科太太已经去世多年，留下两个儿子、一个女儿。女儿住在家里，大儿子也是，他是公司的股东。不巧，今天他去北英格兰出差，预计明天会回来。”

“什么时候走的？”

“前天。”

“你联络他了吗？”

“嗯，刚把弗特斯科先生送去医院，我就打电话给曼彻斯特的中陆饭店，以为他住在那儿，但他今天一早就退房离开了。他应该还会去谢菲尔德和莱切斯特，但我不敢确定。我可以把这两个地方他可能会去的几家公司的名字告诉你。”

果然是能干的女人，警督心想，如果她想谋杀什么人，下手应该也会非常利落。但他努力让自己甩开这些臆测，专注于弗特斯科先生的家庭现状。

“还有个小儿子？”

“对。但他们父子不和，他定居国外。”

“两个儿子都结婚了？”

“是的，珀西瓦尔先生结婚三年了，他们夫妻在‘紫杉小筑’有独立的套房，不过很快就会搬去他们自己在贝顿石楠林的住处。”

“今早你打电话的时候，没联系上珀西瓦尔·弗特斯科的太太？”

“她去伦敦了，要一整天。”格里菲斯小姐接着说道，“兰斯洛特先生结婚还不到一年，娶的是弗雷德里克·安斯蒂斯爵士的遗孀。你应该见过她的照片，在《尚流》杂志上——骑着马，你懂的，障碍赛马。”

格里菲斯小姐似乎有点喘不过气，脸颊也微微泛红。善于体察他人情感的尼尔立即意识到，这段婚姻激起了格里菲斯小姐那点势利又罗曼蒂克的小情怀。在格里菲斯小姐眼中，上流社会毕竟是上流社会，想必她对已故的弗雷德里克·安斯蒂斯爵士在赛马界那不怎么样的名声也一无所知。管理层正着手调查安斯蒂斯爵士一匹赛马的表现，他就开枪自杀了。尼尔对他的妻子有些模糊印象。她是一位爱尔兰贵族的女儿，之前曾嫁给一名飞行员，但那人在不列颠空战中牺牲了。

看样子，她现在嫁给了弗特斯科家的不肖子——格里菲斯小姐说兰斯洛特·弗特斯科与父亲不和，尼尔据此推断，他年轻时多半干过什么荒唐事。

兰斯洛特·弗特斯科！多么特别的名字！另一个儿子叫什么来着——珀西瓦尔？不知第一任弗特斯科太太是怎样的人？给孩子起的名字都这么特别……

他将电话拉过来，拨了查号台，要求转接到贝顿石楠林三四〇〇号。

不久，有个男人说：

“这里是贝顿石楠林三四〇〇号。”

“我想找弗特斯科太太或弗特斯科小姐。”

“很抱歉，她们不在，两位都不在。”

尼尔警督觉得对方的声音微带醉意。

“你是仆役长？”

“是的。”

“弗特斯科先生病情危急。”

“我知道，她们来电话通知了。但我也没办法。瓦尔先生去了北方，弗特斯科太太去打高尔夫球了。瓦尔太太在伦敦，不过会回来吃晚餐。伊莲小姐外出参加女童子军的活动。”

“家里就没人能听我通报一下弗特斯科先生的病情吗？非常要紧。”

“呃——我说不准，”对方颇为犹疑，“有位拉姆斯伯顿小姐，但她从不和人通电话。或者多芙小姐，她是所谓的管家。”

“请让我和多芙小姐说几句。”

“我去找她。”

听筒中，他的脚步声渐渐远去。尼尔警督并没听到来人的足音，但一两分钟后，有个女人说话了。

“我是多芙小姐。”

嗓门不高，十分冷静，发音很清晰。尼尔警督猜想多芙小姐一定挺漂亮。

“很遗憾，不得不通知你，多芙小姐，弗特斯科先生刚才在圣裘德医院去世了。他在办公室突发急病，我急着联络他的家人——”

“好的。我不知道——”她突然缄口，声音虽不激动，却听得出大为震惊。她又说：“真是太不幸了。其实你应该联系珀西瓦尔·弗特斯科先生，他会安排这些事。他可能在曼彻斯特的中陆饭店，或者莱切斯特大饭店。要不试试莱切斯特的希尔勒证券公司。我不知道他们的电话号码，但他们在他计划走访的名单上，也许可以告诉你今天他还会去哪儿。弗特斯科太太肯定会回来吃晚餐，说不定下午茶时间就会回来。这事肯定对她打击很大。是突然发作的吗？弗特斯科先生早上出门时还很精神。”

“他出门之前你见到他了？”

“是啊。具体是什么原因？心脏病？”

“以前他有心脏病吗？”

“不，没有……我想没有，但既然是突然发病，我还以为——”她话锋一转，“你是在圣裘德医院打电话吗？你是医生？”

“不，多芙小姐，我不是医生，我在弗特斯科先生公司的办公室。我是刑事调查局的尼尔警督，等我到了你们那边，马上就去见你。”

“警督？你是指……你是什么意思？”

“多芙小姐，这是一起突然死亡事件，每次这种情况我们都会赶到现场，更何况，死者最近没看过医生——我没猜错吧？”

这几乎不算一个疑问句，但年轻的女管家还是答道：

“我明白。珀西瓦尔替他预约了两次，但他不去。他挺不理智的——大家都很担心。”

她停下来，恢复了先前的镇定态度。

“如果弗特斯科太太回来时你还没到，你想让我跟她怎么说呢？”

都是实用主义者啊，尼尔警督心想。

“就说是突然死亡，我们得问几个问题，例行询问。”

他挂了电话。

第三章

尼尔把电话推回去，严厉地审视格里菲斯小姐。

“最近他们很担心他，”他说，“想让他去见医生。这一点你没告诉我。”

“我刚才没想到，”格里菲斯小姐答道，然后又说，“我从来都不认为他真的病了……”

“没病——那是怎么回事？”

“唔，就是有点不在状态吧，不像是原来的他，特别是举止很奇怪。”

“他在担忧什么事吗？”

“噢，不，不是担忧。其实担忧的是我们才对……”

尼尔警督耐心地等待。

“真的很难形容，”格里菲斯小姐说，“他脾气挺大的，有时非常暴躁。老实说，有那么一两次，我以为他喝多了……他吹牛，说些稀奇古怪的事，我觉得根本不可能是真的。我在这儿工作这么久，他对自己的事一向口风很严——从来不透露什么，你知道。但最近他变得很不一样，话很多，而且——嗯——花起钱来大手大脚，一点都不像他本来的作风。啊，我们那个勤杂工去参加祖母的葬礼时，弗特斯科先生居然叫他进去，给他一张五英镑的钞票，叫他压赔率排第二的赛马，然后狂笑起来。他不太——唔，总之就是有点反常。我只能这么说了。”

“是不是像有什么心事？”

“不是一般我们说的那种心事。似乎他正期盼着某些很快乐的……很刺激的——”

“莫非很快就能做成一笔大买卖？”

格里菲斯小姐深表赞同。

“对——对，我就是这个意思。日常工作好像再也不重要了。他异常兴奋。还有些样子怪怪的人来跟他谈生意，都是生面孔。这让珀西瓦尔先生非常担心。”

“噢，他为此担心？”

“是啊。珀西瓦尔先生一向很受父亲信任，你知道，他父亲很倚重他。但最近——”

“最近他们关系有点紧张。”

“嗯，弗特斯科先生的很多举动，在珀西瓦尔先生看来都不太明智。珀西瓦尔先生一向小心谨慎。可他父亲突然不听他的话了，这让珀西瓦尔先生很不开心。”

“他们大吵过一架？”

尼尔警督继续试探。

“我不清楚吵没吵过……当然，现在我想起来了，弗特斯科先生太反常了——吼得那么大声。”

"他大吼大叫？都说了些什么？"

"他跑到打字室这边来——"

"所以你们全都听见了？"

"嗯，没错。他大骂珀西瓦尔，辱骂他，诅咒他。"

"他说珀西瓦尔干了什么？"

"倒不如说他怪珀西瓦尔先生什么也没干……说他是个可悲的、只会鸡蛋里挑骨头的小职员而已；说他没有大局观，没有把生意做大的思路。还说：'我要把兰斯叫回来，他比你强十倍——而且他那桩婚事好得很。虽然兰斯以前差点被起诉犯罪，但他起码够胆——'天哪，我不该说这些！"格里菲斯小姐跟别人一样，在尼尔警督巧妙的引导下说顺了嘴，顿时不知所措。

"没关系，"尼尔警督安慰道，"以前的事情都过去了。"

"是啊，过去很久了。兰斯先生那时太年轻，血气方刚，根本不清楚自己在干什么。"

尼尔警督早就领教过这类观点，并且不敢苟同。但他不再深究，而是提出新问题。

"再跟我谈谈这里的员工。"

格里菲斯小姐急于绕开刚才的失言，连忙积极介绍公司里诸多职员的背景资料。尼尔警督谢过她，又说想再次询问葛罗斯文纳小姐。

韦特巡官削好了铅笔。他有些羡慕地环视这豪华的办公室，欣赏的目光扫过宽大的椅子、巨大的办公桌和舒适的间接光源。

"这些人的名字也很高贵，"他说，"葛罗斯文纳——好像是哪位公爵的亲戚。弗特斯科——也是上流社会人士吧。"

尼尔警督笑了笑。

"他父亲不姓弗特斯科，而是冯特斯库，来自中欧某个地方。可能他觉得弗特斯科更好听。”

韦特巡官投向上司的目光顿时饱含敬畏。

“原来你这么了解他？”

“来之前查了点资料而已。”

“该不会有前科吧？”

“噢，没有。弗特斯科先生那么精明，不至于。他有些黑市上的门路，至少有一两笔生意比较可疑，但总能控制在法律许可的边界之内。”

“懂了，”韦特说，“不算什么好人。”

“一个骗子，”尼尔说，“但我们没抓到他的把柄。税务局盯了他很久，可他太狡猾了。这位已故的弗特斯科先生称得上金融界的天才。”

“这种人应该有仇家吧？”韦特巡官说。

听得出他抱了很大希望。

“噢，是啊，仇家肯定有。但你别忘了，他是在家里被人下毒的。至少现在看起来是这样。嗯，韦特，我似乎看出一种模式了。古老而熟悉的家庭关系模式。好孩子珀西瓦尔。坏孩子兰斯——很有女人缘。妻子比丈夫年轻很多，不肯说清楚究竟去哪个高尔夫球场打球。这种模式真是似曾相识，但却有一点很突兀，非常不协调。”

韦特巡官刚问到“是什么”的时候，门开了，已找回端庄仪态和迷人气质的葛罗斯文纳小姐高傲地问道：

“你想见我？”

“想请教几个跟你老板有关的问题——准确地说，是你已故的老板。”

“可怜人。”葛罗斯文纳小姐的语气听起来有点虚情假意。

“我想知道，最近你是否注意到他有什么异常。”

“喔，有啊，我确实注意到了。”

“具体在哪方面？”

“我说不清……他好像说了不少莫名其妙的话，我连其中的一半都不相信。而且他很容易就大动肝火——特别是对珀西瓦尔先生。对我倒不会，因为我从不跟他顶嘴，无论他说的话多奇怪，我都会回答‘好的，弗特斯科先生’。”

“他——有没有——嗯——跟你调过情？”

葛罗斯文纳小姐不无遗憾地答道：

“唔，没有，我想没有。”

“还有一个问题，葛罗斯文纳小姐。弗特斯科先生有没有在衣袋里装谷粒的习惯？”

葛罗斯文纳小姐表现得非常惊讶。

“谷粒？在衣袋里？你是指用来喂鸽子的东西？”

“有可能是那种用途。”

“喔，不会，肯定不会。弗特斯科先生？喂鸽子？不不。”

“今天他会不会出于特殊原因在口袋里放些大麦——或者黑麦？比如说，当作样品？做谷物生意？”

“喔，不，今天下午他要见亚洲石油公司的人，还有阿迪科斯建筑协会的主席……没别人了。”

“好吧——”尼尔放弃这个方向，挥挥手送走葛罗斯文纳小姐。

“多美的腿，”韦特巡官叹道，“以及高级的尼龙袜——”

“美腿帮不了我的忙，”尼尔警督说，“我还在原地打转。一口袋黑麦——却无法解释。”

第四章

正在下楼的玛丽·多芙停下脚步，从楼梯间的大窗户往外望去。一辆轿车刚刚停下，下来两个人。个子较高的那位背对房子观察周围的环境。玛丽·多芙若有所思地审视他们：尼尔警督，另一位估计是他的下属。

她转过身，端详着楼梯转角处墙上那面长镜中的自己……镜中人身形娇小端庄，一身灰呢套装，衣领和袖口洁白素净。她的黑发从中间分开，宛如两道闪亮的波浪梳到脑后，在后颈处系了个发结……她用的是浅玫瑰红的唇膏。

总体而言，玛丽·多芙对自己的妆容十分满意。她带着唇边的一丝浅笑，走下楼梯。

尼尔警督端详着这座房子，心中自语：

这就是所谓的“小筑”！“紫杉小筑”！这些有钱人真做作！换了他尼尔警督，肯定会起个“豪宅”之类的名字。他知道“小筑”该是什么样的，他自己就在那种小屋里长大！哈廷顿公园那座有二十九间卧室的帕拉弟奥[1]式笨重宅邸，现在已经被国家信托局接管，当年他家的小屋就在大门旁边。从外头看，小屋小巧迷人，可里头湿气很重，很不舒服，除了最基本的盥洗设施，其他几乎什么都没有。好在尼尔警督的父母对此不以为意，他们不用付房租，工作也简单，只需奉命开开门、关关门就可以了，而且兔子遍地跑，偶尔还能逮只野鸡美餐一顿。尼尔太太从没享受过电熨斗、慢式热风炉、烘衣柜、冷热自来水、动动手指就能开关的电灯这些东西。他们的家庭健康而快乐，同时又彻底落后于时代。

所以当尼尔警督听到“小筑”一词时，童年的记忆不免涌上心头。但这地方，这矫揉造作地冠名“紫杉小筑”的宅邸，根本就是富贵人家自建的，所谓“乡下的小地方”。按尼尔警督的理解，这里还远算不上乡下。房子很大，坚实的红砖结构，两翼延展很广，反而显得不太高，有很多面山墙以及大量铁框玻璃窗。花园里人工雕饰的痕迹很重——开辟了许多玫瑰花圃、藤架凉棚和水池，还有大片修剪过的紫杉树篱，正与宅邸之名相称。

这里紫杉成群，想取得紫杉碱的原料毫无难度。右侧的玫瑰藤架后方，还保留了自然的原貌——一株令人联想到教堂墓地的高大紫杉，树枝由木桩支撑着——仿佛是森林世界里的先知。那棵树早在红砖别墅满布乡间之前就存在了，警督心想。早在高尔夫球场落成、时尚建筑师们陪同富有的客户四处观望、介绍各处宅邸的优点之前，那棵树就已经存在了。由于它是价值不菲的古迹，因此得以幸存，并被纳入全新的庭院中，或许“紫杉小筑”之名就因它而得。浆果很可能就是从那棵树上——

①十六世纪意大利建筑家。

尼尔警督甩开这些徒劳无益的思绪。该办正事了。他摁响门铃。

一位中年男子即刻开了门，他的外形与尼尔警督听电话时的想象相当一致：一脸的自作聪明，目光游移，手也不太安分。

尼尔警督介绍了自己和下属的身份，果然看出仆役长眼中掠过一丝惊慌……尼尔倒不觉得这有什么要紧。多半和雷克斯·弗特斯科之死无关，只是下意识的反应而已。

“弗特斯科太太回来了吗？”

“还没有，长官。”

“珀西瓦尔·弗特斯科先生也没回来？弗特斯科小姐呢？”

“都没回来，长官。”

“那请让我见见多芙小姐。”

男人微微扭头。

“多芙小姐来了——刚下楼。”

尼尔警督观察着正稳步下楼的多芙小姐。与他想象中的形象不太一样。“管家”这头衔令他下意识里将她设想为一个粗壮、专横、一身黑衣、身上还有一串钥匙当啷作响的女人。

出乎他的意料，迎面而来的女人苗条娇小，柔和的鸽灰色套装，雪白的衣领和袖口，梳得整整齐齐的卷发，以及那蒙娜丽莎式的浅浅微笑。一切似乎都有些不真实，这位不到三十岁的年轻女子仿佛正在饰演某个角色：并非管家，他想，而是玛丽·多芙。她真是人如其名。①

她淡然自若地和他打招呼：

“是尼尔警督吗？”

①“多芙”的英文“Dove”也有“鸽子”的意思。

“对，这位是海伊巡官。如我在电话中所说，弗特斯科先生十二点四十三分在圣裘德医院去世了。死因可能是他早餐时吃的什么东西。所以，能否让人带海伊巡官去厨房调查食物的情况？”

她迎上他的目光，思索着，然后点点头。

“没问题，”她转向身旁神色难安的仆役长，“克朗普，麻烦你为海伊巡官带路，他想看什么都尽量安排。”

两人离开了。玛丽·多芙对尼尔说：

“请进来说话。”

她推开一扇房门，带他走进去。这房间看上去没什么特点，贴着醒目的“吸烟室”标牌，四壁装着镶板，装潢富丽，摆着硕大的绒布椅子，墙上恰到好处地挂了一组体育主题画。

“请坐。”

他与玛丽·多芙相对而坐。他注意到她选择了向光的位置。女人做这种选择颇不寻常。如果是一个想隐瞒某些事的女人，就更不寻常了。但玛丽·多芙也许并没有什么需要隐瞒。

“实在不巧，”她说，“全家人都不在。弗特斯科太太随时可能到家，瓦尔太太也是。我已经打电话到好几个地方联络珀西瓦尔·弗特斯科先生了。”

“多谢了，多芙小姐。”

“你说弗特斯科先生死于早餐时吃的东西？是指食物中毒吗？”

“有可能。”他审视着她。

她冷静地答道：“似乎不太可能。今天的早餐包括熏肉、炒蛋、咖啡、烤面包片、橘子酱。餐具柜上还放了冷火腿，但昨天就切开了，没人吃出什么毛病。今天没准备任何鱼类，也没有腊肠——那一类的都没有。”

“看来你对早餐的安排非常了解。”

“那当然，菜单是我定的。昨天的晚餐有——”

“不用，”尼尔警督打断她，“跟昨天的晚餐没关系。”

“我以为食物中毒的发作期可能长达二十四小时。”

“这次不至于……你能不能准确说说，弗特斯科先生今早出门前都吃了什么、喝了什么？”

“早茶八点钟送到他的卧室，九点十五分正式吃早餐。刚才我说过，弗特斯科先生吃了炒蛋、熏肉、烤面包片配橘子酱，喝了咖啡。”

“有麦片吗？”

“没有，他不喜欢那些。”

“咖啡里加的糖——是方糖还是砂糖？”

“我们这里用方糖。但弗特斯科先生喝咖啡不加糖。”

“他有没有早上服药的习惯？盐剂？补品？或者某些消化药？”

“不，这些都没有。”

“你陪他一起吃早餐吗？”

“不，我不和弗特斯科先生一家一起吃饭。”

“还有谁吃了早餐？”

“弗特斯科太太、弗特斯科小姐、瓦尔·弗特斯科太太。当然，珀西瓦尔·弗特斯科先生不在家。”

“弗特斯科太太和弗特斯科小姐也吃了一样的东西？”

“弗特斯科太太只喝了咖啡、橙汁，吃了烤面包片。瓦尔太太和弗特斯科小姐早餐一向吃得比较丰盛，除了炒蛋、冷火腿，她们可能也会吃点麦片。瓦尔太太喝茶，不喝咖啡。”

尼尔警督思考了一会儿。看样子至少缩小了可能的凶手范围。和死者共进早餐的有且只有三个人：他的妻子、女儿，以及儿媳。可能是其中某一人趁机在他的咖啡里加了紫杉碱。紫杉碱的苦味会被咖啡的苦味所掩盖。当然，还有早茶，但伯恩斯多夫说过，茶水中如果有那种味道会被察觉。但刚起床的时候味觉也许没那么敏锐……他抬起头，发现玛丽·多芙正注视着他。

“你刚才问到补品和药物，我觉得很奇怪，警督，”她说，“这似乎暗示药有问题，或者药里头被添加了什么东西。可这两种情况显然都不能算作食物中毒。”

尼尔紧盯着她。

“我可没说——没有明确下结论说——弗特斯科先生死于食物中毒。总之是某种毒素，其实——就是中毒而已。”

她轻声重复着：“中毒……”

她看上去既不惊恐，也不慌乱，只是纯粹好奇。她的态度就像是在经历一次全新的体验。

事实上，她只沉思了片刻，就直接指出了这一点：“以前我从没碰到过中毒事件。”

“这可不是什么愉快的事。”尼尔冷冷地提醒。

“嗯——的确不是……”

她又沉吟了一阵，然后抬起头，突现笑意。

“不是我干的，”她说，“但这话换了谁都会说吧！”

“你有怀疑对象吗，多芙小姐？”

她耸耸肩。

“坦白说，他这人很可恶。任何人都有可能。”

“但没有人会仅仅因为‘可恶’就被毒死。一般总有充分的动机才对。”

“是的，那当然。”

她若有所思。

“能不能请你谈谈这家人？”

她又抬眼望着他，冷静的眼神中又稍带悦色，这令他微微一惊。

“该不是要我提供证词吧？不，不可能，你手下的巡官正忙着打扰仆人们呢。我可不希望我说的话被当作呈堂证供——但话说回来，我很愿意配合——非正式的。这是不是所谓的‘不予记录在案’？”

“请畅所欲言，多芙小姐。你也看到了，现在是你知我知的状况。”

她往后倚靠，一只纤细的脚微晃着，眯起眼。

“预先声明，我对雇主这一家谈不上多么忠诚。我为他们工作，只因为报酬丰厚，而且是我坚持要拿高薪的。”

“你干这一行，让我有点惊讶。在我看来，以你的聪明和学历——”

“所以应该坐办公室，还是在某个政府机关管档案？亲爱的尼尔警督，我对现在这份工作简直不能更满意了。只要能解决家务问题，他们给多少钱都愿意。寻找并雇用一批仆人的过程乏味透顶。给中介写信，登广告，走访，安排面试，最重要的是顺利运作这一整套程序——需要相当强的能力，大多数人都无法胜任。”

“如果你招够了人，结果他们都跑了呢？我听过这种事。”

玛丽一笑：

“必要时，我也能铺床、打扫房间、做好饭菜端上桌，不会让任何人察觉异状。当然，我没必要宣扬这一点，免得别人想太多。但我总能解决各种小麻烦，虽然麻烦也未必常有。我只替最最富有的家庭工作，他们愿意用高价换取舒适生活。既然我开得出高薪，就招得到最好的人。”

“比如那位仆役长？”

她丢过来一个心领神会、忍俊不禁的眼神。

“这就是招一对夫妻的常见问题。克朗普能留下，全是托克朗普太太的福，她是我见过最出色的厨师之一。为了留下这块宝，有很多事都能忍。我们的弗特斯科先生——应该说是已故的弗特斯科先生——对家里的餐食很满意。这家人在吃喝方面都没什么忌口，克朗普太太想买什么就买什么，黄油、鸡蛋、奶油等。至于克朗普，只能算刚及格。他打理银器还过得去，伺候用餐也还不错。我负责保管酒窖的钥匙，盯紧威士忌和杜松子酒，并对他管理仆人的情况进行监督。”

尼尔警督扬起眉毛。

“好一位多才多艺的小姐。”

“事事都能胜任的人，往往也就不必亲力亲为了。话说回来，你是想听我谈谈对这家人的印象吧。”

“如果方便的话，请讲。”

“全都是可憎之人。已故的弗特斯科先生是那种行事一贯小心谨慎的骗子，常常吹嘘自己在生意场上的手段。他为人粗鲁，好逞威风，恶霸一个。阿黛尔·弗特斯科太太——他的第二任妻子，比他小三十岁左右。他在布莱顿认识她，当年她还是个美甲师，一门心思想发大财。她长得很漂亮——真正的性感尤物，你懂的。”

尼尔警督人为惊愕，但尽量不表现出来。他觉得，玛丽·多芙这样的女子，不该谈论这些。

年轻的女人泰然自若地继续说道：

“阿黛尔嫁给他当然就为了钱。他的儿子珀西瓦尔和他的女儿伊莲气得要命。他们从不给她好脸色看，但以她的精明，根本不在乎这些，甚至都不去注意。她知道需要时有老头子给她撑腰就行。天哪，我又说错话了，应该是从前有老头子帮她，我还没习惯他已经死了这件事……”

“说说他的儿子。”

“珀西瓦尔？他太太都喊他瓦尔。珀西瓦尔是个油腔滑调的伪君子，表面上一本正经，骨子里狡猾阴险。他怕他父亲怕得要死，没少屈服于父亲的威势，却很会巧妙地给自己捞好处。与他父亲不同，珀西瓦尔在钱这方面很小气，以节约为一大爱好，所以他拖拖拉拉不肯自己找房子安家。住这里的套房，给他省了不少钱。”

“他太太怎么样？”

“詹妮弗性情温顺，显得非常蠢。但这也说不好。她结婚前是医院的护士——在珀西瓦尔肺炎期间照看他，结果两人就好上了。老头子对这门婚事失望透顶。作为一个势利鬼，他本来希望珀西瓦尔结一门‘天赐良缘’。他看不起可怜的瓦尔太太，对她非常冷漠。她嘛——我想她也很讨厌老头子。她的主要兴趣是购物、看电影，经常因为丈夫不给零花钱发牢骚。”

“女儿呢？”

“伊莲？我挺替她惋惜的。她不坏，是那种永远长不大的女学生。玩游戏、管理女童子军这类事情，她都做得不错。不久前她跟一个愤世嫉俗的年轻教师来往，但她父亲发现那人有共产主义倾向，就强行拆散了他们。”

“她没有勇气反抗他？”

“她反抗了，结果那个年轻人却变了心。估计又是用钱解决问题吧。伊莲长得不太吸引人，可怜的孩子。”

“另一个儿子呢？”

“我从没见过他。人人都说他颇有魅力，而且坏到骨子里。以前卷进一次伪造支票的案子。他住在东非。”

“跟父亲闹翻了。”

“对。因为弗特斯科先生已经安排他当了公司的小股东，所以也不能随便给点钱跟他说断就断，但确实很多年没跟他联系。如果有谁一提起兰斯，他总会说：‘别跟我提那个孽种，他不是我儿子。’话虽如此——”

“怎么，多芙小姐？”

玛丽缓缓答道：“话虽如此，如果老弗特斯科打算把他找回来，我倒也不意外。”

“这想法有依据吗？”

“因为大约一个月前，老弗特斯科跟珀西瓦尔大吵一架。他发现珀西瓦尔背着他干了些勾当，具体什么事我不清楚——他简直暴跳如雷。珀西瓦尔突然不是以前那个唯唯诺诺的孩子了。最近他和从前完全不一样。”

“弗特斯科先生和从前不一样了？”

“不，我是指珀西瓦尔。他看上去担心得要命。”

“那么仆人们呢？你已经介绍过克朗普夫妇。另外还有哪些人？”

“客厅女仆格拉迪丝·马丁，这年头她们都喜欢自称‘侍女’。她负责打扫楼下的房间、整理桌子、清理垃圾、帮克朗普上菜等。那女孩挺有分寸，但头脑不太好用，像是得了甲亢那样。”

尼尔点点头。

“保姆爱伦·柯蒂斯，上了年纪，脾气执拗，又很暴躁，但活儿干得不错，一流的保姆。其他都是外来的帮佣——偶尔来打点零工的妇女。”

“住在这里的只有这些人？”

“还有老拉姆斯伯顿小姐。”

“她是谁？”

“弗特斯科先生的大姨子——他前妻的姐姐。他的前妻比他年长不少，而她的姐姐比她还大很多岁——所以她已经七十多了。她在三楼有个房间——自己做饭什么的，只有一个女工帮她打扫。她性情古怪，一向看妹夫不顺眼，不过她是在妹妹还在世的时候过来住的，妹妹去世后还是留下了。弗特斯科先生不怎么管她。这个怪人，我们都喊她艾菲姨妈。”

“只有这些了吧。”

“就这些。”

“那就聊聊你自己，多芙小姐。”

“需要具体点吗？我是个孤儿，在圣艾弗雷德秘书学院上过秘书课程。我当过速记打字员，跳过槽，发现入错行，才选择了现在的职业。我跟过三家雇主，每次待上一年半载、觉得腻味了，就找下家。我来‘紫杉小筑’刚满一年。前任雇主的姓名和地址我都会打出来，连同他们的推荐信，一起交给巡官——他姓海伊对吧？这样你满意了吗？”

“非常好，多芙小姐。”尼尔沉默了片刻，想象着多芙小姐对弗特斯科先生的早餐做手脚的场面。他的思绪溯流而上，仿佛看见她有条不紊地摘下紫杉果，放进小篮子。他叹了口气，回到当下的现实中来。“现在，我想见见那个女孩——呃，格拉迪丝——然后是保姆爱伦。”他边起身边说，“对了，多芙小姐，弗特斯科先生的口袋里有些谷粒，关于这一点，你怎么看？”

“谷粒？”她瞪着他，显然十分惊讶。

“没错——谷粒。你想到什么了吗，多芙小姐？”

“毫无头绪。”

“他的衣服是谁准备的？”

“克朗普。”

“知道了。弗特斯科先生和弗特斯科太太住同一间卧室吗？”

“是的。当然，他有自己的更衣室和浴室，她也一样……”玛丽低头瞥了一眼手表，“估计她马上就该到家了。”

警督已经起身了。他以愉快的声音说道：

“你知道吗，多芙小姐，我怎么也想不通，这附近有三个高尔夫球场，可是，怎么会在任何一个球场都找不到弗特斯科太太呢？”

“警督，如果她根本没去打高尔夫球，那就不奇怪了。”

玛丽冷冷地回答。

“但你们明明告诉我她去打高尔夫球了。”警督厉声追问。

“她带了高尔夫球杆，自称要去打球。当然，她还开了自己的车。”

他牢牢盯着她，揣摩着她的话外音。

“她和谁一起打球？你知道吗？”

“有可能是维维安·杜波瓦先生。”

尼尔只回应了一句“懂了”。

“我去叫格拉迪丝进来。她肯定会吓个半死。”玛丽在门口稍作停留，然后又说：

“听我一句劝，我刚才说的这些，别太往心里去。我这人本来就不怀好意。”

她走出去了。尼尔警督望着紧闭的房门，心生疑虑。无论是否出于恶意，她透露的这些信息一定有所暗示。倘若雷克斯·弗特斯科真是被人蓄意毒杀的——现在看来几乎是板上钉钉的事——那么“紫杉小筑”一定还有许多内幕可挖。动机似乎一抓就是一大把呢。

第五章

满脸不情愿地走进来的女孩长相乏味、神色惊惶，虽然个子挺高，穿的深紫红色制服也挺漂亮，整个人却仍显得有点邋遢。

她立即以哀求的目光望着他说：

“我什么也没干。真的。我什么都不知道。”

“没关系，”尼尔好言安慰，声音稍有改变，听起来更欢快，语调也更显亲和。他想让如受惊的小兔一般的格拉迪丝平静下来。

“请坐，”他又说，“我只想了解今天早餐的情况。”

“我什么也没干。”

“嗯，早餐是你端上桌的，对吗？”

“是的，是我。”似乎就连这一点也不愿承认。她看上去既愧疚又害怕，但这样的证人尼尔警督可见得多了。为了让她安心，他继续和颜悦色地询问：谁最早下楼？然后又是谁？

最先下楼吃早餐的是伊莲·弗特斯科。克朗普端上咖啡壶的时候，她刚好进来。接着是弗特斯科太太，然后是瓦尔太太，最后是男主人。

他们自己动手。茶、咖啡和热餐点都摆在餐具柜上。

他从她口中没问出多少先前不了解的信息。早点和饮品都与玛丽·多芙的描述一致。男主人、弗特斯科太太和伊莲小姐喝咖啡，瓦尔太太则喝茶。一切都很正常。

尼尔又问起她本人的情况，这次她回答得比较轻松。她当过私宅的女仆，还在几家咖啡馆打过工。后来她又想回到女仆的行列，九月份来到“紫杉小筑”，已经待了两个月了。

“喜欢这份工作吗？”

“唔，还可以吧，”她说，“脚不会那么酸——但也不那么自由……”

“说说弗特斯科先生的衣服——他的西装。由谁保管？清洗之类的？”

格拉迪丝似乎有些怨气。

“本来该让克朗普先生管，但他多数时候都叫我做。”

“弗特斯科先生今天穿的西装是谁清洗和熨烫的？”

“我不记得他穿的是哪一套。太多了。”

“你是否在他的某套西装口袋里发现过谷粒？”

“谷粒？”她一脸迷茫。

“具体说来，是黑麦。”

“黑麦？那不是面包吗？一种黑面包——我总觉得味道很难闻。”

“那是黑麦做的面包。我指的是黑麦粒。你家主人的外套口袋里有一些。”

“外套口袋里？”

“对。你知不知道是怎么回事？”

“这我可说不好。从来没见过。”

他再也问不出什么了。有那么一瞬间，他怀疑其实她所知道的情况比她愿意吐露的要多。她表现得十分尴尬，防御心很重——但最终他将此归结为她对警察天然的畏惧。

他吩咐她可以走了，这时她又问：

“是真的吗？他死了？”

“是的，死了。”

“是不是很突然？大家都说他们从公司打电话来，说他突然发病。”

“对，可以算突然发病吧。”

格拉迪丝说：“我以前认识的一个女孩也这样。随时都会发急病。每次都吓坏我。”

她沉浸在往事中，似乎暂时卸下了疑虑。

尼尔警督朝厨房走去。

他马上就受到了可怕的欢迎。一个粗壮的红脸妇人抓着一根擀面杖，气势汹汹地冲过来。

“警察，好啊，”她说，“居然跑来说这种话！我告诉你，没那回事。我送到餐厅的东西绝对没问题。跑来说我毒死主人？等我告你一状，管你是不是警察。这房子里端上餐桌的东西从来没出差错！”

尼尔警督花了好一会儿才将大厨的滔天怒火安抚下去。餐具室里的海伊巡官咧嘴偷笑，尼尔警督猜他已经被克朗普太太臭骂过一顿了。

电话铃声打断了这出好戏。

尼尔走进大厅，发现玛丽·多芙正在接电话。她在一张便条上记了些东西。这时她扭头说：“有份电报。”

电话打完了，她放下听筒，将刚才所记的便条递给警督。电报是从巴黎拍来的，内容如下：

萨里郡贝顿石楠林紫杉小筑弗特斯科宅。抱歉耽误了回信。明天下午茶时间到。希望晚餐吃小牛肉。兰斯。

尼尔警督眉毛一扬。

“原来不肖子奉命回家了。”他说。

第六章

雷克斯·弗特斯科喝下人生中最后一杯咖啡之时，兰斯·弗特斯科正和妻子端坐在巴黎香榭丽舍大道的树荫下，观望来来去去的人流。

“‘形容形容他’，说来简单，帕特。我最不擅长形容了。你想知道什么？我老爹算是个老骗子，你懂的。不过你应该不介意吧？你肯定早就习惯了。”

“嗯，是啊，”帕特说，“是的，你说得对。我很容易适应环境。”

她竭力挤出可怜兮兮的腔调。她暗想，或许整个世界就是一个骗局呢？抑或只是她本人特别倒霉的缘故？

她身高腿长，虽不算漂亮，但颇具活力，为人热忱。她仪态优美，又拥有一头亮得迷人的栗棕色长发。或许因为长期与马匹为伴，她看上去还真像一匹纯种小母马。

她对赛马界的骗术一清二楚——现在，她可能即将面对金融界的骗术了。虽然如此，她那尚未谋面的公公，从法律角度来说，似乎却堪称正直的典范。所有这些自诩“手段高明”的人都差不多——他们从来都在技术上游走于法律允许的边界之内。但是，她觉得她所深爱的兰斯，固然在年轻时误入歧途，却拥有这些功成名就的骗子所不具备的诚实。

“我倒没说他是诈骗犯——不是那种意义上的。但他的确懂得如何炮制一场骗局。”

“有时候啊，”帕特说，“我真讨厌东诓西骗的家伙。”她又补上一句，“你很喜欢他。”这是陈述句，而非疑问句。

兰斯沉吟片刻，随后以讶异的口吻答道：

“知道吗，亲爱的，还真是这样。”

帕特笑了。他扭头看着她，眯起眼。她多么贴心啊！他爱她。为了她，一切都值得。

“从某种程度上说，”他说，“回来等于下地狱。都市生活，五点十八分回家，这种节奏不适合我。身处野外和异国我反而更自在些。如果这期间拉着你的手，那就更美妙了。既然老头子改变心意，我就该抓住机会。说实在的，收到他的信，我相当吃惊……没想到居然是珀西瓦尔干出那种丢脸的事。那可是乖孩子珀西瓦尔啊。告诉你吧，珀西一直很狡猾。没错，他一直都很狡猾。”

“估计我不会喜欢你哥哥珀西瓦尔。”帕特丽夏·弗特斯科说。

“别因为我跟他对立。珀西和我的关系从来都不太好——仅此而已。我把零用钱花个精光，他则存起来。我交的朋友名声不太好，但却很有趣，而珀西只跟所谓‘值得结交之人’来往。他和我，就是两个极端。我总当他是条可怜虫，而他——你知道，我觉得他始终憎恨着我。具体原因就不清楚了……”

“我大概能猜出来。”

“是吗，亲爱的？你头脑真好。我一直怀疑——说出来有点离奇，但是——”

“嗯？说吧。”

“也不知道支票那件事的幕后黑手是不是珀西瓦尔——哎，就是老头子把我扫地出门那次——因为他给了我公司的股份，所以没法剥夺我的继承权，他还气疯了呢！诡异之处就在于，我根本没有伪造那张支票——虽然没人肯相信我，因为之前我曾偷拿抽屉里的现金去赌马。当时我有十足把握能把钱还回去，反正那某种程度上也算是我自己的钱。但支票的事——绝不。我不知道为什么会怀疑珀西瓦尔，有点可笑——但这个念头总是挥之不去。”

“可这对他又有什么好处呢？钱是兑到你的户头里了。”

“这我知道，所以才说不通，不是吗？”

帕特突然转头望着他。

“你是指——他来这一手，是为了把你挤出公司？”

“不清楚。哎哎——不说陈年旧事了。忘了吧。珀西老哥看到不肖子回家，也不知会说什么。他那双跟煮熟的醋栗一样白兮兮的眼珠子，没准会直接蹦出来呢！”

“他知不知道你要回去？”

“如果他还蒙在鼓里，那也不奇怪啊！老头子的幽默感很特别，你懂的。”

“但是你大哥究竟干了什么事，把你父亲气成那样？”

“我就想知道这个。肯定有什么事让老头子发狂，才一口气写了封信给我。”

“你一开始收到他的信是什么时候？”

“差不多四个月——不，五个月之前。一封措辞含糊的信，但显然是向我伸出橄榄枝。‘你大哥在很多方面都难以令人满意。’‘你似乎收起野性、脚踏实地了。’‘我保证，来这一趟对你在经济方面不无助益。’‘欢迎你们夫妻一起来。’哎，亲爱的，我觉得我们这桩婚事也帮了大忙。能娶到身份高过我的人，一定让老头子刮目相看了。”

帕特大笑。

“什么？不就是娶了个混迹上流社会的下等人吗？”

他咧嘴一笑：“话虽不错，但下等人又没有登记在案，而贵族却有据可查。你真该会一会珀西瓦尔的老婆。她那种人只懂得‘请把果酱传过来’，然后聊聊邮票什么的。”

这回帕特没笑。她开始琢磨起夫家的女人们。兰斯则不把这个问题放在心上。

“你妹妹呢？”她问。

“伊莲？噢，她还好。我离家的时候她还很小。她挺热心的——但长大以后可能就变了。做事很认真。”

听起来还是不太令人放心啊。帕特又说：“你走之后，她从没写信给你？”

“我没留通信地址。就算留了，她也不会写。我们家的人没那么亲近。”

“这样啊。”

他连忙看了看她。

“紧张了？因为我家里人？没必要啊。我们又不和他们一起住什么的。我们自己去找个小地方，养养马，养养狗，你喜欢怎样就怎样。”

“但还是得五点十八分下班。”

“对我来说是的。往返市区，西装革履。不过别担心，宝贝——即便在伦敦周边也有田园乡村嘛。最近我身体里搞金融的天赋好像苏醒了。毕竟是流淌在血液里的本能——来自父母双方的遗传。”

“你对母亲的记忆应该不深吧？”

“印象中，她总是特别特别老迈。当然，她本来年纪就大。生伊莲的时候都快五十岁了。她戴很多亮闪闪的珠宝，躺在沙发上，总爱给我讲骑士和淑女的故事，听都听腻了。她还有丁尼生的《国王牧歌》。从前我应该挺喜欢她的……她是那么——你知道吗，那么平平淡淡。回想起来，我才注意到这一点。”

“感觉你好像从没特别喜欢过什么人。”帕特不以为然。

兰斯抓住她的手臂，捏了捏。

“我喜欢你啊。”他说。

第七章

尼尔警督手里还捏着记录电报的便条，就听到一辆车驶到前门口，伴随着草草一声刹车，停住了。

玛丽·多芙说：“应该是弗特斯科太太回来了。”

尼尔警督朝前门走去，眼角余光瞥见玛丽·多芙不声不响地退下，不见了踪影。她显然不愿介入接下来这一幕。相当机智、谨慎——却也太缺乏好奇心了。在尼尔警督看来，绝大多数女人这种时候都会选择留下……

刚到前门口，他就发现仆役长克朗普正从前厅后面走来，显然也听到了车声。

那是一辆罗尔斯·宾利跑车。两个人下了车，朝房子的方向走来。刚到门口，门就开了。阿黛尔·弗特斯科吓了一跳，瞪着尼尔警督。

他马上看出她是个非常美丽的女人，而且玛丽·多芙刚才那番令他惊愕的评论现在也展现出了深意。阿黛尔·弗特斯科的确称得上性感尤物。她的身材和气质与金发的葛罗斯文纳小姐相似，但葛罗斯文纳小姐迷人的外表之下是庄重的个性，而阿黛尔·弗特斯科的魔力则是由内而外贯穿全身。她的吸引力鲜明外露、毫无遮拦，简直是直勾勾地对所有男人宣布：我在这里。我是女人。她的言谈、她的动作、她的呼吸都透出性感——然而，她的眼睛，却以精明的光芒玩味着一切。阿黛尔·弗特斯科喜欢男人，尼尔警督暗想——但她永远更喜爱金钱。

他的目光移向她身后那个背着高尔夫球杆的人。他了解这种人——专门逢迎讨好年迈富翁的年轻妻子。想必是维维安·杜波瓦先生吧，这人的男子气概显得不太自然，事实上，可能他根本没有多少阳刚之气。他就是那种对女人“知根知底”的男人。

“弗特斯科太太？”

“我是。”蓝眼睛睁得大大的。“怎么——”

“我是尼尔警督。恐怕要给你带来一个坏消息。”

“你的意思是——我家被偷了之类的吗？”

“不，不是那方面。是关于你的丈夫。今天早上他突发重病。”

“雷克斯？他病了？”

“我们从今早十一点半开始就一直试图与你联络。”

“他人呢？在这儿，还是在医院？”

“他被送去圣裘德医院。请你做好心理准备。”

“你该不会是说……他该不会——死了吧。”

她一个踉跄，抓住他的手臂。警督就像舞台剧里的演员一样，严肃地履行职责，将她扶进前厅。克朗普连忙跟过来。

“她需要白兰地。”他说。

杜波瓦先生的低沉嗓音响起：

“没错，克朗普，去拿白兰地。”然后他又对警督说：“到这里面来。”

他打开左侧的一扇门，众人先后走进去。先是警督和阿黛尔·弗特斯科，然后是维维安·杜波瓦，克朗普端着酒瓶和两个杯子跟在后面。

阿黛尔·弗特斯科跌进一张安乐椅，一手蒙住眼睛。她接过警督递来的杯子，轻啜一小口，就推开了。

“我不喝，”她说，“我没事。告诉我，究竟怎么回事？难道是中风？可怜的雷克斯。”

“不是中风，弗特斯科太太。”

“你刚才说你是警督？”提问的是杜波瓦先生。

尼尔转向他。“没错。”他和气地答道，“刑事调查局的尼尔警督。”

对方的黑眼珠里闪出警觉之色。看来，刑事调查局的警督现身，令杜波瓦先生很不愉快。非常不愉快。

“怎么了？”他问，“出了什么问题——呃？”

他下意识地朝门口退了一两小步。尼尔警督没有忽略这个动作。

“我们可能要展开调查。”他对弗特斯科太太说。

“调查？你是指——你到底什么意思？”

“这可能会令你非常苦恼，弗特斯科太太。”他平静地说，“我们有必要尽快查清弗特斯科先生今早上班之前吃了什么、喝了什么。”

“你是指他可能中毒？”

“嗯，是的，目前看来是这样。”

“我不信。噢——你是说食物中毒啊。”

她的音调在最后几个字降了下来。但尼尔警督板着脸，依然平静地问：

“夫人？之前你以为我是指什么呢？”

她忽视了这个问题，急匆匆又说：

“但我们都没事——我们大家。”

“你能代表家里所有人吗？”

“喔——不——当然——应该不能。”

杜波瓦夸张地看了看手表说：

“我得走了，阿黛尔。真是抱歉。你不要紧吧？我是说，有女仆，有多芙小姐在，还有——”

“噢，维维安，别，别走。”

她的哀号却起了反作用。杜波瓦先生溜得更快了。

“真对不起，宝贝。我有很重要的约会。对了，警督，我住在睡鼠旅馆。如果你——呃——有事找我的话。”

尼尔警督点点头。他无意扣留杜波瓦先生，但他明白杜波瓦先生为什么慌忙离开。想躲麻烦而已。

阿黛尔·弗特斯科竭力应对眼前的现实：

“一回家就发现警察等着，实在太震惊了。”

“我能理解。但事情是这样：我们的行动务必要快，才能拿到食物、咖啡、茶等必要的样本。”

“茶和咖啡？应该没有毒啊？我们偶尔吃点熏肉，会不会是熏肉的问题？有时候简直咽不下去。”

“会查清楚的，弗特斯科太太。别担心。世事难料啊，我们办过一个洋地黄素中毒案，结果发现他们误把洋地黄的叶子当成山葵叶了。”

“你觉得这次也是这种情况？”

“验尸之后就有进一步线索了，弗特斯科太太。”

“验——噢，我懂了。”她哆嗦了一下。

警督又说：“夫人，房子周围种了很多紫杉，对吧。我想，紫杉的果实或者叶子会不会——混进什么东西里去？”

他密切审视着她。她则瞪着他。

“紫杉果？有毒吗？”

她的眼睛未免睁得太大了点，这问题问得未免也太天真了。

“曾有小孩误食，酿成悲剧。”

阿黛尔两手捂住头。

“再说下去我可受不了。非谈这些不可吗？我想去躺一会儿。我坚持不住了。一切都由珀西瓦尔·弗特斯科先生来处理——我不能——我不能——不该什么事都问我。”

“我们正努力联络珀西瓦尔·弗特斯科先生。不巧，他到北英格兰去了。”

“噢，对啊，我忘了。”

“只剩一件事，弗特斯科太太。你丈夫的衣袋里有少量谷粒，请问你知不知道是怎么回事？”

她摇摇头，看上去一头雾水。

“是不是有人开玩笑放进去的？”

“可这也没什么好笑的啊？”

尼尔警督也有同感。他说：

“暂时不会再来打扰你，弗特斯科太太。需不需要派一名女仆照顾你？或者叫多芙小姐来？”

“什么？”她有点心不在焉。他揣测她此刻究竟在想什么。

她在皮包里摸索着，抽出手帕，声音颤抖。

“太可怕了，”她断断续续地说，“现在我才渐渐反应过来。刚才我整个人都吓傻了。可怜的雷克斯。我可怜的雷克斯啊。”

她啜泣的样子让人想不相信都难。

尼尔警督恭敬地注视了她一会儿。

“事发突然，我能理解，”他说，“我叫人来陪你。”

他走向门口，开门出去，稍稍停顿，然后回头往里看。

阿黛尔·弗特斯科仍用手帕挡着眼睛。手帕的四角垂下来，却没能完全遮住她的嘴角。她的唇边挂着一抹极浅的微笑。

第八章

1

“能找到的都在这儿了，长官。”海伊巡官报告说，“橘子酱，一截火腿，还有早餐时用的茶叶、咖啡、砂糖的样本。当然，当时沏的东西早就被倒掉了，不过有个例外，咖啡还剩很多，仆人们当上午茶喝了——我觉得这一点很重要。”

“对，很重要。这说明如果他喝咖啡中毒，毒药一定是直接加进他的杯子里。”

“而且下毒的人就在现场那些人之中。我很小心地打听过紫杉——浆果或者叶子——但没人在屋里屋外见过那些东西。也没人知道他口袋里的谷物是怎么回事……在他们看来那简直是胡闹。其实我也有同感。他不像是那种对食物有奇特癖好的人，随便什么东西都能生吃下去。就拿我妹夫来说吧，生胡萝卜、生豌豆、生萝卜都照吃不误。但就连他也不会生吃谷粒。哎，我敢说那东西生吞下去，肚子一定很胀。”

电话铃响了，警督点头示意，海伊巡官便跑去接听。尼尔紧随其后，听出是局里打来的，他们已经联络到了珀西瓦尔·弗特斯科先生，他已即刻启程赶回伦敦。

警督刚放好电话，一辆车开到了前门口。克朗普前去开门。站在门口的女人抱着大包小包，克朗普伸手接过来。

“谢谢，克朗普。请帮我付出租车费。我现在要喝茶。弗特斯科太太或者伊莲小姐在家吗？”

仆役长迟疑着，回头看了看。

“坏消息，夫人，”他说，“和老爷有关。”

“和弗特斯科先生有关？”

尼尔走上前。克朗普说：“这位是珀西瓦尔太太，长官。”

“怎么了？出了什么事？难道是事故？”

警督一边解释，一边打量她。珀西瓦尔·弗特斯科太太身材丰满，嘴边挂着不满的神情。他判断她大约三十岁。听着她急不可耐抛出的一个个问题，他脑中闪过一个念头：真是个无聊透顶的人。

“请节哀，弗特斯科先生今早因重病被送往圣裘德医院，已经病逝了。”

“死了？你说他死了？”这消息显然比她预料中的更轰动，“天哪——太令人震惊了。我丈夫不在家。你们得跟他联系。他在北部什么地方来着。我敢说公司的人一定知道。这些事都得靠他安排。总在最麻烦的时候才会出事，对吧。”

她停了一会儿，盘算着什么。

“葬礼在哪儿举办还得看情况，”她说，“可能会在这里。又或者在伦敦？”

“由家属决定。”

“当然。我只是在考虑。”她这才第一次留意起跟她说话的人。

“你是公司的人？”她问，“你该不会是医生吧？”

“我是警察。弗特斯科先生死得很突然，而且——”

她打断他的话。

“你是指他被人谋杀？”

这还是头一回有人提及这个词。尼尔仔细审视着她那写满急迫和疑问的面孔。

“你为什么会有这种想法，夫人？”

“噢，隔三岔五总有这种事嘛。你说死得很突然，而你又是警察。见过她了吗？她怎么说？”

“我不太明白你指的是谁。”

“当然是阿黛尔。我常跟瓦尔说，他父亲娶一个年纪小那么多的老婆，真是脑袋进水了。人再傻也傻不过一个老傻瓜。他被那可怕的女人迷得晕头转向。看看现在的结果吧……给我们留这么个烂摊子。照片要上报纸了，记者们要涌过来了。”

她稍停片刻，显然在幻想即将到来的一幅幅精彩纷呈的景象。那场面说不定没那么惹人厌呢，他想。然后她又转向他：

“什么毒？砒霜吗？”

尼尔警督压低嗓门答道：“死因还没确定。需要验尸和进一步调查。”

“但你们其实已经知道了吧？要不然就不会来这儿了。”

那臃肿而愚蠢的面孔上突然现出精明之色。

“你们在调查他吃过喝过的东西，对不对？昨天的晚餐。今天的早餐。当然，还有家里所有的饮品。”

可想而知，她脑中正活灵活现地盘点各种可能性。他谨慎地说：

“目前看来，弗特斯科先生的死因可能来自早餐吃的某种食物。”

“早餐？”她似乎大感意外，“那就麻烦了。我看不出要怎样……”

她略一停顿，摇着头。

“那我就看不出她怎么有机会下手了……除非她往咖啡里加了什么——趁伊莲和我没注意的时候……”

一个平静的声音悄然在他们身旁响起：

“茶点已经端到书房了，瓦尔太太。”

瓦尔太太吓了一大跳。

“噢，谢谢，多芙小姐。对对，我得去喝杯茶。真的，我都不知道怎么办才好了。你呢，警督……先生——”

“谢谢，我现在不喝。”

肥胖的身躯踌躇片刻后，就慢慢走开了。

她的身影刚消失在门口，玛丽·多芙就小声嘀咕：

“她从来都没听过‘苗条’这个词吧。”

尼尔警督没有接话。

玛丽·多芙又说：

“还有什么需要我效劳的吗？”

“保姆爱伦在哪里？”

“我带你去。她刚上楼了。”

2

爱伦待人十分冷淡，但全无惧意。她那张尖酸的老脸得意地对着警督。

“真令人震惊，长官。想不到我这辈子还能碰上主人家出这种事。但从某种程度上说，也不算意外。老早之前我就该辞职了，真的。我不喜欢这家人说话的方式，也不喜欢他们喝那么多酒，而且他们那些丑事啊，我可看不惯。我对克朗普太太没什么意见，但克朗普和格拉迪丝那小姑娘，根本不知道该怎么上菜。不过，我最受不了的还是他们那些丑事。”

“具体是什么丑事？”

“就算你现在不知道，很快也会听到的。早都传遍了。到处都有人看见。装作去打高尔夫球——或者网球——我自己就亲眼见过——就在这房子里。书房的门开着，他们在里头，又亲又摸的。”

老处女的怨毒果然致命。尼尔觉得实在没必要多问一句“你指的是谁”，但他还是问了。

“我说的是谁？女主人呗——跟那个男人。简直不要脸。不过要我说啊，老爷心里有数。他还派人盯着他们呢。本来肯定会离婚的。结果呢，现在出了这种事。”

“你这么说的意思是——”

“长官，你东问西问，问老爷吃了什么，喝了什么，谁给的。要我说啊，长官，他们是串通好的。他从什么地方搞来毒药，她给老爷吃，就这样。绝对没错。”

“你在家里见过紫杉果吗——或者在其他地方？”

那双小眼睛闪着好奇的光芒。

“紫杉？下三烂的毒药。小时候我妈说千万别碰那些果子。他们用的是那东西吗，长官？”

“现在还不清楚具体是什么毒药。”

“我从没见她摆弄过紫杉。”听上去爱伦有些失望，“不，我不记得见过那东西。”

尼尔又问起弗特斯科衣袋里的谷粒，仍然一无所获。

“不，长官，这我就不知道了。”

他继续问了些问题，但没有什么新发现。最后他问方不方便见见拉姆斯伯顿小姐。

爱伦面露疑惑。

“我可以去问问，但她一般不随便见人。她是位很老很老的老太太，而且有点古怪。”

警督坚持要见，爱伦十分不情愿地带他走进一道走廊，登上短短的台阶，来到一处看上去很像育婴房的地方。

他跟在她身后，望向走廊窗外，看见海伊巡官站在紫杉树旁，跟一个显然是园丁的人谈话。

爱伦敲敲一扇门，听见回应，就推开门说：

“小姐，有位警察先生想和你谈谈。”

对方显然同意了，于是她往后退开，示意尼尔可以进去了。

他走进的这个房间陈设相当奇特。警督仿佛一步踏回了爱德华时代，甚至维多利亚时代。煤气炉旁有张小桌，一位老太太坐在桌旁玩牌。她身穿褐红色的衣服，稀疏花白的头发从脸庞两侧垂下来。

她头也不抬，继续手中的牌局，不耐烦地说：

“哎，进来，进来，想坐就坐吧。”

接受这一邀请并不容易，因为每张椅子里好像都摆满了宗教性质的小册子或者刊物。

见他将沙发上的书刊稍稍往旁边推开，拉姆斯伯顿小姐厉声问：

“对传教工作有兴趣？”

“噢，不太在行，女士。”

“错了，你应该感兴趣。这就是这个时代的基督精神。非洲够黑的吧，上星期来了个年轻的牧师，跟你的帽子一样黑。 但他是个真正的基督徒。”

尼尔警督有点不知如何回答才好。

老太太的下一句话更加令他不知所措。

“我没有无线电台。”

“对不起，你说什么？”

“噢，我还以为你是来查无线电台执照之类的，或者要我填那种愚蠢的表格。好了，年轻人，你有什么事？”

“很遗憾，拉姆斯伯顿小姐，你的妹夫弗特斯科先生，今天早上突发疾病去世了。”

拉姆斯伯顿小姐继续玩牌，完全不为所动，只是闲聊般应道：

“终于被他自己的傲慢和罪恶的自尊心击倒了。唔，该来的总会来。”

“想必这对你并不算打击？”

答案一目了然，但警督还是想听听她会怎么说。

拉姆斯伯顿小姐从眼镜上方投来锐利的一瞥，答道：

“如果你是指我毫不伤心，那就对了。雷克斯·弗特斯科是个罪孽深重的人，我从来都对他没有好感。”

“他死得很突然——”

“恶有恶报。”老太太满意地说。

“有可能是被毒死的——”

警督故意停下来观察这句话的效果。

似乎没有产生任何效果。拉姆斯伯顿小姐只是喃喃自语：“红 7 在黑 8 上面。可以移动 K 了。”

她突然察觉到警督的沉默，才停下来，手里捏着一张牌，厉声问：

"唔，你指望我说什么？我可没给他下毒，如果你是想了解这个的话。"

"你知不知道谁有可能干这事？"

"这个问题非常不妥，"老太太尖锐地指出，"我已故妹妹的两个孩子都住在这幢房子里。我相信有拉姆斯伯顿家族血统的人都不会犯谋杀罪。因为你指的就是谋杀吧？"

"我没这么说，女士。"

"当然是谋杀。很多人都曾想杀掉雷克斯。他是个没有道德底线的人。俗话说得好，旧罪阴影长。"

"你有具体的怀疑对象吗？"

拉姆斯伯顿小姐收好纸牌，站起身。她个子很高。

"你最好还是走吧。"她说。

她的话虽不带怒气，但却有种不容反驳的寒意。

"如果想听我的意见，"她又说，"多半是某个用人干的。我看仆役长是个无赖，客厅女仆明显有点弱智。晚安。"

尼尔警督老老实实地走了出去。真是个难对付的老太太。什么也没挖出来。

他下楼来到四四方方的门厅，突然迎面碰到一位高个儿的黑发女子。她穿着湿漉漉的雨衣，以奇特的空洞眼神盯着他。

"我刚回来，"她说，"他们就告诉我……爸爸……说他死了。"

"很抱歉，是真的。"

她一手伸向身后，仿佛正盲目地摸索什么可以倚靠的东西。她碰到一个橡木柜子，缓缓地、僵硬地坐到上头。

"噢，不，"她说，"不……"

两行泪慢慢流下她的脸颊。

“太可怕了，”她说，“我以为我一点都不喜欢他……我以为我恨他……但那都是假的，否则我就不会这么在乎了。我真的在乎他。”

她坐在那里，瞪着前方，眼泪再次夺眶而出，顺着脸颊滚落。

不一会儿，她再次开口，上气不接下气：

“最糟糕的是，他一死，一切都顺利了。我是说，杰拉德和我可以结婚了。我想干什么就能干什么了。但我不喜欢用这种方式。我不想让爸爸死……噢，不。哦，爸爸——爸爸——”

来到“紫杉小筑”后，这还是第一次，有人似乎真心实意地为死者感到哀痛，这反而令尼尔警督倍感意外。

第九章

“听起来他太太比较像凶手。”副局长说。他正认真听取尼尔警督的汇报。

一份非常出色的案情摘要。简短，但涵盖了所有相关细节。

“是的，”副局长说，“看上去他太太的嫌疑很大，尼尔，你自己的看法呢？”

尼尔警督说他也怀疑死者的妻子。他不无偏激地想，通常妻子总是凶手——同理，如果死的是妻子，则多半是丈夫干的。

“她完全有机会下手。那么动机呢？”副局长一顿，“有动机吗？”

“噢，有的，长官。那位杜波瓦先生，你懂的。”

“你觉得他是共犯？”

“不，应该不会，长官。”尼尔警督考量着这种可能，“他有点太在乎自己了，不会冒这种风险。或许他猜到了她的意图，但我想象不出他会去教唆她。”

“是啊，过于小心。”

“小心到了极点。”

“唔，我们不能武断地下结论，但这个假设值得追查。另外两个有机会的人呢？”

“他的女儿和儿媳。女儿正跟一个年轻人交往，但父亲反对这桩婚事。如果她没钱，那人肯定不会娶她。所以她就有动机了。至于儿媳，暂时没什么可说的，对她的了解还不够。但她们三人都有可能毒死他，而在我看来，其他人的嫌疑都不大。客厅女仆、仆役长和厨师，早餐是这三个人经手或者端上桌的，但我觉得他们没法保证只让弗特斯科本人服下紫杉碱，同时又不危及其他人。前提是毒药确实是紫杉碱。”

副局长说：“是紫杉碱没错。我刚收到初步的报告了。”

“那这个问题就确认了，”尼尔警督说，“我们可以继续分析。”

“仆人们都没问题吗？”

“仆役长和客厅女仆看上去都很紧张，但这也没什么奇怪的，人之常情嘛。厨师火气很大，保姆好像还挺高兴。其实，一切都很自然，很正常。”

“依你看除了他们，没有其他可疑人物了吗？”

“嗯，没有了，长官。”尼尔警督不由自主地回想起玛丽·多芙和她那谜一般的微笑。她的表情中的确包含了一丝轻微却坚定的敌意。他又说：“既然知道是紫杉碱，那么毒药是如何取得或者调配的，应该有迹可循。”

“很好。嗯，你放手去查，尼尔。对了。珀西瓦尔·弗特斯科先生来了。我刚跟他谈了几句，他正等着见你。我们也查到了另一个儿子的行踪。他在巴黎的布里斯托尔饭店，今天刚离开。你会派人去机场接他吧？”

“是的，长官。我安排了……”

“唔，你先去见见珀西瓦尔·弗特斯科。”副局长笑道，“人称‘一本正经的珀西’。”

珀西瓦尔·弗特斯科先生三十岁出头，皮肤白皙，形象很整洁，头发和睫毛都是浅金色的，谈吐间带有一点学究气。

“这对我真是巨大的打击，尼尔警督，你应该不难想象。”

“那当然，弗特斯科先生。”尼尔警督答道。

“我只能说前天我离家时，父亲的状况还很好。这次食物中毒，或者别的什么病，肯定发作得非常突然？”

“的确突然。但并不是食物中毒，弗特斯科先生。”

珀西瓦尔瞪大眼睛，皱起眉头。

“不是？那原因究竟是——”他突然住口。

“你父亲死于紫杉碱中毒。”尼尔警督说。

“紫杉碱？从没听说过。”

“应该很少人了解这东西吧。是一种毒药，起效很快，毒性也很猛烈。”

对方的眉头蹙得更深了。

“警督，你是想告诉我，父亲是被人蓄意毒杀的？”

“目前来看的确如此，先生。”

“太可怕了！”

“是的，弗特斯科先生。”

珀西瓦尔喃喃地说：“现在我明白在医院时他们的态度了——让我到这里来问。”他停了一会儿，“葬礼呢？”他疑惑地问道。

“明天验尸后会进行审讯。验尸审讯的程序会很正式，然后休庭。”

“知道了。这是通常的处理方式？”

“是的，先生，现在都这样。”

“请问，你是否有什么想法，有没有怀疑什么人……真的，我——”他又噤声了。

“现在说这些还太早，弗特斯科先生。”尼尔低声答道。

“是的，我想也是。”

“尽管如此，弗特斯科先生，如果你能透露一些遗嘱的内容，对我们将有很大帮助。或者，你也可以让我和他的律师联系一下。”

“他委托了贝德福德广场的比林斯利－霍斯索普－沃尔特斯律师事务所。至于遗嘱，我可以大致介绍其中的主要条款。”

“那太好了，弗特斯科先生。其实这也是我们办案的规矩。”

“父亲两年前再婚时立了新遗嘱，”珀西瓦尔直入正题，“父亲无条件地留给他太太十万英镑，留给我妹妹伊莲五万英镑，其余财产均由我继承。当然，我已经是公司的合伙人了。”

“没给你弟弟兰斯洛特·弗特斯科留下什么吗？”

“没有，父亲和弟弟的关系一直都很恶劣。”

尼尔投去犀利的一瞥——但珀西瓦尔显得十分笃定。

“所以，根据遗嘱，”尼尔警督说，“继承人包括弗特斯科太太、伊莲·弗特斯科小姐，以及你本人？”

“我能分到的可能不多，”珀西瓦尔叹气，“要交遗产税，你懂的，警督。而且最近父亲有点——哎，我只能说，他的某些理财行为很不明智。”

“你们父子近来在生意上意见不统一？”尼尔警督以友善的姿态抛出这个问题。

“我向他提出过我的观点，可是，唉——”珀西瓦尔耸耸肩。

“你的态度十分强硬，是吗？”尼尔追问道，“说得难听一点，你们大吵了一架，对不对？”

“也不能这么说吧，警督。”珀西瓦尔的额头浮起一片烦恼的红晕。

“难道你们之间的争执是基于其他原因，弗特斯科先生？”

“没有什么争执，警督。”

“你确定吗，弗特斯科先生？嗯，算了算了。请问你的父亲和弟弟是不是一直都没有联系？”

“是的。”

“那么，能否请你告诉我，这是什么？”

尼尔将玛丽·多芙记下的电报递给他。

珀西瓦尔看完，迸出一声讶异而恼怒的惊呼。他似乎无法相信，而且相当气愤。

“我搞不懂，真的。简直不敢相信。”

“但这好像是真的，弗特斯科先生。你弟弟今天将从巴黎赶回来。”

“但这太不可思议了，不可思议。不，我真的无法理解。”

“你父亲从没对你提过这件事？”

“肯定没有。真是乱来，居然瞒着我叫兰斯回来。”

“看来你不清楚他这么做的原因？”

“当然不清楚。这倒跟他最近的所作所为很合拍——疯疯癫癫！不可理喻。必须阻止这件事——我——”

珀西瓦尔突然停住了，苍白的面孔渐渐褪去血色。

“我忘了——”他说，“刚才我忘了，父亲已经不在了——”

尼尔警督同情地摇着头。

珀西瓦尔·弗特斯科准备告辞。他拿起帽子说：

“如果有我能帮上忙的地方，请尽管吩咐。但我想——”他略一停顿，“你会来‘紫杉小筑’吧？”

“是的，弗特斯科先生。我已经派人在那边值守。”

珀西瓦尔猛地哆嗦了一下。

“接下来可就难熬了。一想到我们家会出这种事——”

他长叹一声，朝门口走去。

“白天我一般都在公司，有很多事要处理。但今晚我会回‘紫杉小筑’。”

“好的，先生。”

珀西瓦尔·弗特斯科出去了。

“一本正经的珀西。”尼尔嘀咕着。

“长官？”一直默默坐在墙边的海伊巡官不解地问。

见尼尔没回答，他又问道：“你怎么看，长官？”

“不知道，”尼尔说。他轻声引用了一句话：“‘他们都是很不讨人喜欢的家伙。’”

海伊巡官一头雾水。

“出自《爱丽丝漫游奇境》，”尼尔说，“难道你不认识爱丽丝吗，海伊？”

“是本名著，对吧，长官？”海伊说，“第三频道经常播的那种。我一般不收听第三频道。”

第十章

1

飞机刚从勒布尔热机场起飞五分钟，兰斯·弗特斯科就翻开欧陆版《每日邮报》。过了一两分钟，他惊呼一声，引得邻座的帕特好奇地转过头。

“是老头子，”兰斯说，“他死了。”

“死了！你父亲？”

“嗯，他似乎是在公司突然发病，被送到圣裘德医院，没多久就死了。”

“亲爱的，这太糟了。什么原因，中风？”

“可能吧，看起来像。”

“以前他中风过吗？”

“没有。至少我没印象。”

“我还以为第一次中风不至于致命。”

“可怜的老头子，”兰斯说，“我从来都对他没有好感，但现在他死了……”

“你当然是喜欢他的。”

“并不是所有人都像你这么善良，帕特。哎，看来我的好运到头了，对吧。”

“是啊，说来也奇怪，偏偏这时候出这种事，就在你马上要回家的节骨眼儿上。”

他猛然扭头看着她。

“奇怪？你说‘奇怪’是什么意思，帕特？”

她略显吃惊地回应他的目光。

“唔，巧合吧。”

“你是指我无论做什么都没好结果？”

“不不，亲爱的，我不是那个意思。只是，人一倒霉，喝凉水都塞牙。”

“嗯，的确如此。”

帕特又说：“真的太糟糕了。”

他们在希思罗机场降落，正等着下飞机时，一名航空公司的工作人员高声喊道：

“请问兰斯洛特·弗特斯科先生在飞机上吗？”

“我就是。”兰斯应道。

“您这边请，弗特斯科先生。”

兰斯和帕特得以领先其他乘客一步，跟着那人下了飞机。走过最后一排的一对夫妇身边时，他们听见丈夫对妻子说：

“估计是著名的走私犯。被抓了现行。”

2

“不可思议，”兰斯说，“太不可思议了。”他瞪着桌子对面的尼尔警督。

尼尔警督同情地点点头。

“紫杉碱——紫杉果——听起来简直是一出闹剧。我敢说这种事对你是家常便饭，警督，你们这一行见得多了。但下毒，对我们这个家族来说，也太遥远了。”

“所以你根本想不出谁有可能毒杀你父亲？”尼尔警督问道。

“老天，不知道。我想老头子在商界树敌不少，很多人恨不能活剥了他的皮，让他彻底破产什么的——诸如此类。但下毒？反正我想象不出。我在国外很多年，对家里的事情了解非常有限。”

“我正想向你请教这一点，弗特斯科先生。听你哥哥说，你们父子很多年没有来往，请问，是什么契机让你这时候回家来呢？”

“是这样，警督，我收到父亲的信，让我想想，大约是在——嗯，六个月以前。当时我刚结婚。父亲在信中暗示，就让过去的都过去吧。他建议我回国，到公司里上班。他的措辞很含糊，我拿不定主意要不要按他说的办。反正，结果是我八月回到英国——对，八月，三个月以前。我去‘紫杉小筑’和他见面，不得不说，他给我的待遇相当优厚。我说我还要考虑一下，征求太太的意见，他表示理解。我飞回东非，跟帕特商量。最后我决定接受老头子的方案。我得把那边的事情都处理完，但我答应最迟上个月底就能办妥。我告诉他，定下回英国的日期后，会拍电报通知他。”

尼尔警督咳了一声。

“你的回归似乎让你哥哥有些意外。”

兰斯忽然咧嘴一笑。恶作剧般的表情点亮了他那迷人的面孔。

“别以为珀西那家伙知道什么，”他说，“当时他去挪威度假了。要我说啊，老头子是故意挑了那个时间。他就想瞒着珀西。其实我很怀疑，父亲给我机会，就是因为他跟可怜的珀西——他好像比较喜欢别人喊他瓦尔——闹翻了。我想瓦尔多多少少想管着老头子。哎，老头子最受不了这种事。他们具体怎么吵的我不清楚，但老头子可气坏了。估计他觉得，把我安插进去，就能给可怜的瓦尔一点颜色看看。另一方面，他很不喜欢瓦尔的老婆，而以他的势利眼看来，我这桩婚事倒是很不错。估计他是想叫我回家，形成既成事实，给珀西开个天大的玩笑吧。”

“当时你在‘紫杉小筑’待了多久？”

“喔，最多一两个小时。他没留我过夜。我敢肯定，他的计划就是想暗地里让珀西吃个大苦头。估计他连仆人们的嘴都堵住了。我说过，当时我说要再考虑考虑，跟帕特谈谈，然后再写信告诉他我的决定，事实上我也是这么做的。我在信里通知他我回英国的大概日期，昨天还从巴黎给他拍了一封电报。”

尼尔警督点点头。

“这封电报让你哥哥大吃一惊。”

“那肯定啊。不过，和从前一样，赢家还是珀西。我来晚了。”

“是啊，”尼尔警督若有所思，“你来得太晚了。”他话锋一转，“八月你回来时，是否遇到过家里的其他人？”

“我的继母当时在喝茶。”

“之前你从没见过她？”

“没有，”他突然咧嘴一笑，“老头子挑人真有一套。她至少比他小三十岁。”

“恕我多问一句，你父亲再婚，是否让你心怀怨恨？你哥哥呢？”

兰斯显得十分惊讶。

“我当然不会，珀西应该也不会。毕竟我们的亲生母亲在我们才——嗯，十岁或者十二岁的时候，就去世了。老头子居然没早几年再婚，这反而让我意外。”

尼尔警督嘀咕道：

“娶一个比自己年轻那么多的女人，风险很大。”

“这是我那亲爱的哥哥说的吗？听起来真像他的调调。在含沙射影这方面，珀西称得上艺术大师。警督，莫非这就是你们的调查方向？你们怀疑我的继母毒死了我父亲？”

尼尔警督面无表情。

“现在下任何结论都太早，弗特斯科先生，”他答道，“请问你接下来有什么打算？”

“打算？”兰斯想了想，“我是该打算一下了。我的家人们呢？都在‘紫杉小筑’？”

“是的。”

“我还是直接去那里吧。”他转头对妻子说，“你最好找家旅馆，帕特。”

她当即反对：“不，不，兰斯，我要和你一起去。”

“别这样，亲爱的。”

“但我想和你一起去。”

“真的，我看你还是不去为好。你就去……哦，我好久没在伦敦留宿了——巴恩斯饭店。巴恩斯饭店以前环境很好，很安静。现在应该还营业吧？”

“噢，是的，弗特斯科先生。”

“那好，帕特，我带你去那儿，如果有房间，就先安顿好你，然后我去‘紫杉小筑’。”

“可我为什么不能跟你去呢，兰斯？”

兰斯脸上突然泛起冷酷的神色。

“老实说，帕特，我不确定他们欢不欢迎我。是父亲请我回来的，但他死了。我不知道那里现在谁说了算。可能是珀西，或者阿黛尔。总之，我要先看看他们怎么迎接我，再考虑带你过去。更何况——”

“何况什么？”

“我不想把你带到藏有凶手的地方去。”

“喔，别胡说。”

兰斯坚定地说：

“你的安全最重要，帕特，我绝不冒险。”

第十一章

1

杜波瓦先生十分恼怒。他气冲冲地撕掉阿黛尔·弗特斯科的信，丢进废纸篓。然后，他猛一警醒，又抓出那些纸片，擦燃火柴，烧成灰烬。他小声嘀咕着：

“女人怎么都这么蠢？最起码的谨慎总该有吧……”然而杜波瓦先生郁闷地想到，女人的字典里从来就没有“谨慎”二字。虽然他借此占过不少便宜，现在却成了甩不掉的麻烦。他自己可是采取了充足的预防措施。他已经吩咐下去，如果弗特斯科太太来电话，就说他不在。阿黛尔·弗特斯科已经打了三次电话，现在居然还写信来。总体而言，写信要糟糕得多。他思索片刻，走到电话旁边。

“请问弗特斯科太太在吗？是的，我是杜波瓦先生。”一两分钟后，他听到了她的声音。

“维维安，你终于回电话了！”

“是啊，是啊，阿黛尔，你可得小心点。现在你在哪里接电话？”

“在书房。”

“确定外头没人偷听？”

“为什么要偷听？”

“唔，谁知道呢。警察还在家里吗？”

“不在，他们暂时撤退了。噢，亲爱的维维安，太可怕了。”

“是啊，是啊，那肯定。可是，阿黛尔，我们可得小心谨慎啊。”

“噢，当然，亲爱的。”

“电话里别喊我‘亲爱的’。不安全。”

“你是不是有点小题大做，维维安？反正这年头大家到处都喊‘亲爱的’。”

“是啊，是啊，说得没错。但你听我说，别打电话给我，也别写信。”

“可是，维维安——”

“只是暂时的，你明白。我们一定得小心应付。”

“哦，好吧。”她听上去有点生气。

“阿黛尔，听我说。我写给你的信，你应该都烧掉了吧？”

阿黛尔·弗特斯科迟疑了片刻，才说：

“当然。我说过要烧的。”

“那就好。我得挂断了。别打电话，也别写信。时机成熟的时候，我会联系你。”

他放下听筒，若有所思地挠了挠脸颊。对方刚才的迟疑有些不妙。阿黛尔果真把他的信烧掉了吗？女人都一个样，答应要烧的东西，总是没照办。

信，杜波瓦先生心里盘算着。女人总爱让你给她们写信。他自己虽然处处小心，但总有躲不掉的时候。在他写给阿黛尔·弗特斯科那屈指可数的几封信中，具体都说了什么呢？“家常闲话而已。”他闷闷不乐地想。但有些特殊的字眼——特别的用语，一旦被警方曲解成他们所需要的意思呢？他想起伊迪丝·汤普森的案子。他那些信写得都很纯洁，他想，但又没有百分之百的把握。他的不安正在滋长。即便阿黛尔还没烧掉他的信，现在会不会脑子转过弯、动手去烧了呢？也许信已经落到警察手里？他不知道她把信藏在哪儿，很可能是楼上她那间客厅里。那张花里胡哨的小书桌，照着路易十四年代的古董仿制的，有次她说过里面有个暗格抽屉。暗格抽屉！瞒不了警察多久。但现在警察已经从宅子里撤走了，她说的。他们早上还在，现在都走了。

之前他们多半忙着调查食物中毒药的可能来源。他暗自祈祷，但愿他们还没一间间屋子地毯式搜查。可能他们通过申请或者拿到一纸搜查令才能那么做。如果他马上行动，可能——

他的脑海中清晰地浮现出那座房子的景象。薄暮降临，该端上茶点了，在书房或者客厅。大家都聚集到楼下，仆人们则在仆役厅喝茶。二楼必定空无一人。很容易就能沿着便于隐蔽身形的紫杉树篱穿过花园。然后是通往露台的小侧门，睡觉前才会上锁。从那里溜进去，等待合适的时机，上楼。

维维安·杜波瓦仔细盘算着接下来他该如何行动。如果弗特斯科之死看上去像是心脏病发作或者中风，那毒药必然非常特殊。俗话说得好——杜波瓦低声自语：“以防万一，免得后悔。”

2

玛丽·多芙缓步走下大楼梯。她在拐角的窗口停留了一会儿，昨天她正是在这个位置看见尼尔警督到来。此刻，迎着窗外渐渐黯淡的天光，她注意到一个男人的身影消失在紫杉树篱后面。她怀疑那人可能是败家子兰斯洛特·弗特斯科。或许他在铁门外下车后就到花园里散散步，回忆一下从前的时光，然后才前来面对可能抱有敌意的家人。玛丽·多芙十分同情兰斯。她带着一抹浅浅的微笑下楼。刚进大厅，就遇到了格拉迪丝，客厅女仆刚瞥见她，便神经兮兮地跳了起来。

“我刚才好像听见电话铃响了？”玛丽问道，“是谁？”

“噢，打错了。以为我们这里是洗衣店。”格拉迪丝的声音听起来几乎喘不过气，相当仓皇，“再之前是杜波瓦先生。他想和太太说话。”

“知道了。”

玛丽穿过大厅，然后又回头问道：“下午茶时间应该到了吧，还没端上来？”

格拉迪丝说：“我还以为没到四点半呢，小姐，是不是？”

“已经四点四十分了。请你现在就端上来。”

玛丽·多芙走进书房，阿黛尔·弗特斯科正坐在沙发里，瞪着炉火，指间绕着一小块花边手帕。阿黛尔焦躁地问：

“茶呢？”

玛丽·多芙答道：“马上送来。”

一根木头从壁炉里滚出来，玛丽·多芙蹲在壁炉前，用火钳把它放回去，又加了一根木头和少量煤炭。

格拉迪丝走进厨房，克朗普太太抬起涨得通红、怒气冲冲的脸——她正在厨台前揉着一个大盆里的面饼皮。

“书房的铃声响个没完。你该把茶点端过去了，小姑娘。”

“好的，好的，克朗普太太。”

“今晚我会跟克朗普说，”克朗普太太咕哝着，“臭骂他一顿。”

格拉迪丝走进餐具室。她还没切三明治。嗯，她不打算切三明治。除了三明治，他们还有很多东西可吃，不是吗？两个蛋糕，还有饼干、烤饼、蜂蜜，新鲜的黑市奶油，用不着去切西红柿或者鹅肝什么的做三明治。她还有别的事情要考虑。克朗普太太一肚子气，因为克朗普先生今天下午出去了。哎，本来今天就是他的休息日吧？那他也没做错什么啊，格拉迪丝心想。此时克朗普太太在厨房里喊道：

“水开了，壶盖都被掀掉了。你到底沏不沏茶？”

“来了。”

她抓了点茶叶，也没称量一下，就丢进大银壶，拎到厨房，往壶里灌入沸水。她将茶壶和水壶摆到银质大托盘上，一起端到书房，放在沙发旁的小桌上。她匆匆赶回去端起另一个放点心的托盘，刚走到大厅，老爷钟突然嘎吱作响准备报时，这让她吓了一大跳。

书房中，阿黛尔 · 弗特斯科正对玛丽 · 多芙抱怨：

“今天下午人都到哪儿去了？”

“我真的不清楚，弗特斯科太太。弗特斯科小姐刚刚回来一会儿。珀西瓦尔太太可能在房间里写信。”

阿黛尔不满地说：“写信，写信，那女人一天到晚都在写信。她们那个阶层的人就这样，见了死亡和祸事就高兴得要命。残忍，我说她就是这么残忍。”

玛丽机智地敷衍着：“我去告诉她茶点准备好了。”

她走向门口，见伊莲 · 弗特斯科进来，就稍稍退开一步。

伊莲说着“好冷啊”，然后坐到壁炉旁，对着炉火搓手。

玛丽在大厅里驻足片刻。一个摆满点心的大托盘放在一个柜子上。厅里光线越来越暗，玛丽开了灯。此时她似乎听见詹妮弗 · 弗特斯科走过楼上的走廊。但是没人下楼，于是玛丽走上楼梯，顺着走廊走去。

珀西瓦尔 · 弗特斯科夫妇在大宅一侧拥有独立的套房。玛丽敲敲客厅的门。珀西瓦尔太太喜欢别人有事先敲门，这令克朗普一直相当鄙视她。她的声音十分轻快：

"请进。"

玛丽推开门，小声说：

"茶点准备好了，珀西瓦尔太太。"

见詹妮弗 · 弗特斯科穿着出门的衣服，她相当吃惊。詹妮弗正脱下一件驼毛大衣。

"我不知道你出去了。"玛丽说。

珀西瓦尔太太的声音听起来有点喘。

"噢，我只是去花园里走走而已。呼吸点新鲜空气。不过外头也太冷了。我巴不得下去烤烤火呢。中央暖气好像效果不太好。得找人跟园丁们说说，多芙小姐。"

"我会安排。"玛丽答应。

詹妮弗 · 弗特斯科将大衣放到椅子上，跟着玛丽走出房间。她在玛丽前头下楼，玛丽则稍稍退开，让她先走。进了大厅，玛丽惊讶地发现装点心的托盘居然还在原处。她正准备去餐具室叫格拉迪丝，阿黛尔 · 弗特斯科就出现在书房门口，不耐烦地问：

"到底有没有点心来配茶啊？"

玛丽连忙将托盘端进书房，把各种点心摆到壁炉前的矮几上。她又将空托盘端回大厅，这时前门的门铃响了。玛丽放下托盘，亲自去开门。败家子总算来了？她好奇心作祟，还真想见见他。玛丽开了门，打量着对方黝黑瘦削的脸，以及那玩世不恭地咧起的嘴角，心想："和弗特斯科家的人一点都不像。"

她平静地问道："是兰斯洛特·弗特斯科先生吗？"

"正是本人。"

玛丽看向他的身后。

"您的行李呢？"

"出租车费我付了。就这点东西。"

他举起一个中等大小的拉链手提袋。玛丽稍感惊讶：

"噢，您坐出租车来啊。我还以为您会步行过来。您的太太呢？"

兰斯脸色一沉：

"我老婆不来。至少现在不来。"

"明白了。这边请，弗特斯科先生。大家都在书房里喝茶。"

她把他领到书房门口就走开了。她心中暗道，兰斯洛特·弗特斯科真是魅力十足。紧接着又一个念头涌来：估计很多女人也都这么想过吧。

3

"兰斯！"

伊莲连忙迎上来，伸手环住他的脖子，像小女孩一样热切地抱紧他，这让兰斯有些意外。

"嘿，我回来了。"

他轻轻地挣脱开来。

"这位是詹妮弗？"

詹妮弗·弗特斯科带着毫不掩饰的好奇打量着他。

“瓦尔可能还在城里走不开，”她说，“有很多事要安排，哎。处理各种各样的问题。当然，一切都得靠瓦尔，什么事他都得过问。你都想不到我们现在是什么处境。”

“大家都受罪了。”兰斯认真地说。

他转向沙发上的女人，她手里拿着一片烤饼和蜂蜜，正静静注视着他。

“对了，”詹妮弗喊道，“你还不认识阿黛尔吧？”

兰斯拿起阿黛尔的手，低声说：“噢，我认得。”他俯视着她，她的眼皮微颤了几下。她放下左手里正吃着的烤饼，轻轻撩了撩头发。这一动作颇具女性魅力，说明她已经意识到一位帅气的男士进屋了。她以低沉柔美的声音说：

“坐到我这边的沙发上，兰斯。”她给他倒了一杯茶，“你来了真好，”她又说，“这个家太需要多一个男人了。”

兰斯答道：“有需要我帮忙的地方，请尽管开口。”

“你知道——但你可能还不知道——这里有警察。他们认为——他们认为——”她突然住口，声嘶力竭地喊道：“哦！太吓人了！吓死人！”

“我明白，”兰斯严肃地表示同情，“其实，他们之前就去伦敦机场接我了。”

“警察去接你了？”

“是的。”

“他们说了什么？”

“唔，”兰斯略显不屑，“他们是去通知我事情经过的。”

“他是被毒死的，”阿黛尔说，“他们这么想，也是这么说的。不是食物中毒，是真的毒药，有人给他下毒。我相信，我真的相信他们认为凶手就在我们之中。”

兰斯突然朝她微微一笑。

“这是他们的手段而已，”他安慰道，“我们不用操这份心。这茶真好喝！我很久没喝到英国的好茶了。”

他的情绪感染了其他人。阿黛尔忽然说：

“可你的太太……你不是有个太太吗，兰斯？”

“我有老婆，没错，她在伦敦。”

“可你没……怎么不带她过来？”

“来日方长嘛，”兰斯说，“帕特……喔，帕特在那边挺好。”

伊莲厉声说道：“你的意思该不会是……你该不会以为——”

兰斯连忙说：“这块巧克力蛋糕看着好漂亮，我要吃两口。”

他给自己切了一块蛋糕，又问：

“艾菲姨妈还健在吗？”

“噢，还在，兰斯。她从不下楼跟我们一起吃饭什么的，但她身体不错。只是脾气越来越古怪。”

“她一直都那么古怪，”兰斯说，“喝完茶我要上楼看看她。”

詹妮弗·弗特斯科嘀咕着：“她都这把年纪了，真该送去养老院之类的地方。我是指能有人好好照顾她的地方。”

“如果哪个老太太疗养院肯接纳艾菲姨妈，上帝会保佑他们，”兰斯说，“刚才为我开门的那位严肃的小姐是谁？”

阿黛尔显得很讶异。

“难道为你开门的不是克朗普？仆役长？噢，不，我忘了，今天他放假。但肯定是格拉迪丝——”

兰斯描述道：“蓝眼珠，中分头发，声音很柔和，估计就算嘴里含一块奶油都化不开。至于她实际上是怎样的人，就不好说了。”

“那一定是玛丽·多芙。”詹妮弗说。

伊莲也说：“她算是我们家的总管吧。”

“真的？”

阿黛尔答道：“她真的很有用。”

“这样啊，”兰斯沉吟道，“我想也没错。”

“可她的最大好处是做事很有分寸。”詹妮弗说，“从来不逾越本分，你懂的。”

“聪明的玛丽·多芙。”兰斯边说边又吃了一块巧克力蛋糕。

第十二章

1

“你又回来了？真是阴魂不散。”拉姆斯伯顿小姐说。

兰斯咧嘴笑道：“说对了，艾菲姨妈。”

“哼！”拉姆斯伯顿小姐嗤之以鼻，“真会选时机。你老爹昨天刚被谋杀，家里到处都是警察翻来翻去，到处都是，连垃圾箱都不放过。我从窗口看见的。”她停了停，又哼了两声，问道：“老婆带回来了吗？”

“没有。我让帕特留在伦敦了。”

“还算有点脑子。换作是我，绝对不带她来。天知道会出什么事。”

“她会出事？帕特？”

“我是指这里的每个人。”拉姆斯伯顿小姐说。

兰斯·弗特斯科若有所思地盯着她。

“你有什么想法吗，艾菲姨妈？”他问。

拉姆斯伯顿小姐没有直接回答。“昨天有位警督找我问东问西。他没从我嘴里刨出什么，但他其实不像表面上那么蠢，一点也不。”她有些愤慨，“如果你外祖父知道家里来了警察，他会怎么想啊——估计在坟墓里都睡不安稳。他一辈子都是普利茅斯兄弟会[1] 的信徒，当时他发现我晚上去参加英国国教的活动，简直闹翻了天！可那跟谋杀比起来，根本算不了什么大事。”

平时兰斯听到这话，一定会笑脸相对，但此时他黝黑的长脸神情严肃。他说：

“哎，我走了那么久，简直是两眼一抹黑。最近这里到底发生了什么？”

拉姆斯伯顿小姐抬眼望天。

“亵渎上帝的丑事。”她坚定地说。

“是啊，是啊，艾菲姨妈，不管怎样你都说这个。但警察为什么会觉得爸爸是在家里遇害的？”

“通奸是一回事，谋杀又是另一回事，”拉姆斯伯顿小姐说，“我不该把她往那方面想，真的不应该。”

兰斯面露机警之色。“是阿黛尔？”他问。

“我的嘴已经封严实了。”拉姆斯伯顿小姐说。

“拜托，亲爱的，”兰斯说，“你等于什么都说出来了。阿黛尔在外头有男朋友？阿黛尔和她的男朋友在他的早茶里下毒。是这个意思吗？”

“请你别乱开玩笑。”

“你知道我没开玩笑。”

“跟你说件事，”拉姆斯伯顿小姐突然说，“我相信那女孩知道点什

---

①基督教新教派别之一。

么。”

“哪个女孩？”兰斯一脸惊讶。

“鼻子老呼噜呼噜响的那个，”拉姆斯伯顿小姐说：“她本该今天下午送茶点上来给我，可她没来。据说没请假就溜出去了。如果她去找警察，我一点都不意外。是谁替你开门的？”

“应该是玛丽·多芙吧。表面上老实温顺——其实未必。是她要去找警察？”

“她才不会，”拉姆斯伯顿小姐说，“不——我指的是那个笨笨的小客厅女仆。她整天跟兔子似的神经兮兮，到处乱蹦。‘你怎么了？’我说，‘是不是良心不安？’她回答：‘我什么也没干——我不会干那种事。’‘但愿如此，’我告诉她，‘但你现在有心事，对不对？’然后她的鼻子就开始抽抽搭搭，她说不想给别人惹麻烦，她相信警察一定是搞错了。我又对她说：‘哎，小姑娘，你得说实话，战胜你心里的恶魔。’我是这么说的。‘去找警察吧，把你知道的都告诉他们，因为隐瞒真相不会有好结果，无论真相多么糟糕。’然后她又说了一堆废话，说她不能去找警察，他们绝不会相信她，而且她该说什么好呢？最后她一口咬定她什么都不知道。”

“她会不会只想引人注目而已？”兰斯有些迟疑。

“不，不会。我觉得她被吓坏了。她可能看到或听到了什么，才对整件事有了想法。也许那很关键，也许根本无关紧要。”

“那她会不会对老爹怀恨在心，然后——”兰斯又犹豫了。

拉姆斯伯顿小姐不容分说地摇着头。

“你老爹根本不会留意她那种女孩子。没有男人会注意她，可怜的小姑娘。啊，算了，要我说啊，这对她的灵魂反而是件好事。”

兰斯对格拉迪丝的灵魂毫无兴趣。他问道：

"你看她会不会去警察局？"

艾菲姨妈使劲点头。

"会。我觉得她不想在这房子里跟他们说，免得被人偷听。"

兰斯又问："你说她是不是看见什么人在食物里动手脚了？"

艾菲姨妈犀利地瞄了他一眼。

"有这种可能，不是吗？"她说。

"我想也是。"兰斯说完又有点后悔，"整件事给人的感觉太过离奇了。简直像侦探小说。"

"珀西瓦尔的老婆是医院的护士。"拉姆斯伯顿小姐说。

这句话似乎跟之前的话题毫不相关，兰斯迷惑地望着她。

"医院的护士经常跟各种药物打交道。"拉姆斯伯顿小姐说。

兰斯满面疑云。

"这种东西——紫杉碱——曾经用来入药吗？"

"听说是从紫杉果里提取的。小孩有时会误吃紫杉果，"拉姆斯伯顿小姐说，"结果症状很严重。我记得小时候的一个例子，印象实在太深刻了，永远忘不了。记忆里的东西有时能派上大用场。"

兰斯猛然抬头瞪着她。

"正常的生老病死是一回事，"拉姆斯伯顿小姐说，"我这把老骨头也尝够苦头了。但我绝不能容忍罪恶。罪恶一定要得到惩处。"

2

"出门也不跟我说一声，"正在板子上揉面团的克朗普太太抬起她那愤怒的红脸，"没跟任何人打招呼就溜走，狡猾，没错，狡猾！她怕被人拦住，如果我逮到她，肯定拦着她不让走！想想看！老爷死了，好多年没回来的兰斯先生回来了，我跟克朗普说，‘不管放不放假，我都知道自己的责任。今晚可不能像平时的星期四一样吃冷餐，得好好张罗一顿。一位绅士带着太太从国外回来——而且这桩婚事还攀上了上流社会，一切都得安排得妥妥当当。’小姐，你知道我的性子，对这份工作我是非常自豪的。”

玛丽·多芙一边倾听她的心声，一边轻轻点着头。

“结果你猜克朗普怎么说？”克朗普太太气呼呼地抬高了嗓门。“‘今天我放假，我出去一趟。’他就丢下这么一句，还说‘上流社会算个屁’。克朗普这家伙，对工作一点荣誉感都没有。所以他一走，我就告诉格拉迪丝，今晚的担子她得一个人扛了。她只说‘好的，克朗普太太’，然后，我刚一转身，她就开溜了！而且今天没轮到她放假，星期五才是。现在该怎么办，我可不知道！谢天谢地，兰斯先生今天没带太太回来。”

“会有办法的，克朗普太太，”玛丽的语气既带着安慰，又不容置疑，“稍微精简一下菜单就行。”她提出几点建议，克朗普太太不情愿地点头同意。“这样一来，我上菜就轻松多了。”最后玛丽总结。

“小姐，你是说你要亲自上菜？”克朗普太太似乎不太相信。

“如果格拉迪丝不能及时赶回来的话。”

“她不会回来了，”克朗普太太说，“跟男孩子逛街，天知道去什么商店里乱花钱。小姐，你知道吗，她有男朋友呢，看她那样子真想不到吧。那人名叫阿尔伯特。她说明年春天就结婚。这些女孩，根本不知道结婚是怎么回事。你看我跟克朗普都经历了什么。”她叹着气，然后语气又恢复正常：“茶点呢，小姐，谁去收、谁去洗？”

“交给我吧，”玛丽说，“我这就去。”

客厅里的灯没开，而阿黛尔·弗特斯科依然坐在茶盘后的沙发里。

“我把灯打开好吗，弗特斯科太太？”玛丽问道。阿黛尔没回答。

玛丽开了灯，走到窗前，拉开窗帘。她转过头，看见了软软地垮在靠垫上的那个女人的脸。她身旁有一片吃了一半、涂了蜂蜜的烤饼，茶杯还是半满的。死神带走了阿黛尔·弗特斯科，猝然而又迅速。

3

“怎么样？”尼尔警督焦急地问。

医生干脆地答道：

“茶里有氰化物——很可能是氰化钾。”

“氰化物。”尼尔念叨着。

医生有点好奇地看着他。

“你有点不能接受啊——难道有什么特殊原因——”

“本来怀疑她是凶手。”尼尔说。

“结果她成了被害人。嗯。你得从头来过，是吧？”

尼尔点点头。他苦着脸，下巴紧绷。

毒杀！就在他眼皮底下。雷克斯·弗特斯科的早餐咖啡里加了紫杉碱，阿黛尔·弗特斯科的茶里加了氰化物。问题仍出在这个家庭内部。至少目前看来如此。

阿黛尔·弗特斯科、詹妮弗·弗特斯科、伊莲·弗特斯科和刚回来的兰斯·弗特斯科在书房一起喝茶。兰斯上楼去见拉姆斯伯顿小姐，詹妮弗去自己房间写信，伊莲是最晚离开书房的。按她的说法，当时阿黛尔的状况很好，正给自己倒最后一杯茶。

最后一杯茶！是的，那的确是她一生中最后一杯茶。

大约二十分钟的空白之后，玛丽·多芙走进来，发现了尸体。

而在那二十分钟里——

尼尔警督咒骂一声，走去厨房。

身躯肥胖的克朗普太太坐在餐台前的椅子上，被怒气涨得像个气球，见他进来，还是一动不动。

“那女孩呢？回来了吗？”

“格拉迪丝？没——还没回来——我估计要十一点以后。”

“你说茶是她沏的，也是她端过去的。”

“我可没碰，长官，老天做证。而且我也不相信格拉迪丝做了什么不该做的事。她不会做那种事——不会是格拉迪丝。她是个好女孩，长官——有点蠢——但人不坏。”

不，尼尔并不认为格拉迪丝是坏人。他也不认为格拉迪丝是下毒者。更何况，茶壶里没有发现氰化物。

“可她为什么走得这么突然？你说过今天没轮到她放假。”

“是的，长官，她明天才放假。”

“那克朗普——”

克朗普太太的敌意突然爆发，气冲冲地拉开嗓门：

“你不要给克朗普泼脏水。跟克朗普没关系。他三点就走了——现在我还真感激他这么做。他跟珀西瓦尔先生一样，都跟这事没关系。”

珀西瓦尔·弗特斯科刚刚才从伦敦回来——迎接他的是第二起悲剧的爆炸性新闻。

“我没说是克朗普干的，”尼尔好言相劝，“我只是好奇，他知不知道格拉迪丝今天的安排。”

“她穿了她最好的尼龙袜，”克朗普太太说，“她在盘算些什么。没告诉我！配茶的三明治也没去切。噢，没错，她确实有打算。等她回来，我非给她点颜色看看不可。”

等她回来——

隐隐有一丝不安掠过尼尔心头。为了摆脱这种感觉，他来到楼上阿黛尔·弗特斯科的卧室。多么奢华的地方啊——到处都挂着玫瑰织锦，还有一张镀金大床。房间一侧有扇门通往镶了镜子的浴室，里面有个粉紫色的瓷浴缸。浴室另一头的门通往雷克斯·弗特斯科的更衣室。尼尔回到阿黛尔的卧室，从房间另一侧的门走进她的客厅。

这间屋子的装潢极富帝国豪气，铺着玫瑰图案的绒地毯。尼尔前一天刚仔细搜查过这里，尤其是那张精致的小书桌，所以此时只草草扫了两眼。

然而，他突然注意到一件事，顿时全身一僵。玫瑰绒地毯中央，有一小团泥块。

尼尔走过去捡起来。泥还是湿的。

他环顾四周——没发现脚印——只有这孤零零的一小块湿泥。

4

尼尔警督环视格拉迪丝·马丁的卧室。已经过了十一点——克朗普半小时前就回来了——而格拉迪丝依然不见踪影。尼尔警督看了看四周，无论格拉迪丝接受过怎样的培训，她的天性始终还是马马虎虎的。尼尔警督判断，她很少整理床铺，也很少开窗。不过，他并不关心格拉迪丝的个人习惯，而是认真地开始检查她的个人物品。

大部分都是价廉质劣的衣服，几乎没有耐穿或是高档的。本来他找了老爱伦来，但她也帮不上忙。她不知道格拉迪丝有什么衣服，也说不出是不是少了什么东西。检查完衣服和内衣裤，他又开始翻五斗橱。格拉迪丝的宝贝都放在这里头。有风景明信片、剪报、编织图样、美容小窍门、裁衣和穿着须知等。

尼尔警督把这些东西简单分成几类。明信片上的景点想必是格拉迪丝度假时去过的地方。其中三张有签着“伯特”的名字。伯特，估计就是克朗普太太口中那个“男朋友”。第一张明信片上写着——字迹看上去像是文盲写出来的：“一切顺利。想你。爱你的伯特。”第二张写着：“这边有很多漂亮女孩，但没有一个比得上你。很快就能见面了，别忘了约好的日子。记住，在那之后——棒极了，永远幸福地生活下去。”第三张只有寥寥数字：“别忘了。相信你。爱你的伯特。”

接着，尼尔开始翻看剪报，并分成三摞。裁衣和美容指南；格拉迪丝心仪的影星的资讯；而且她似乎对最新的科技奇迹也颇感兴趣。剪报里有飞碟、秘密武器、俄国人使用的吐真药，以及美国医生号称发现神奇药物的声明等。在尼尔看来，这些统统都是二十世纪的巫术。但屋里的这一切，都无法为她的失踪提供线索。她没写日记，他也没抱这种希望。可能性微乎其微。没留下未写完的信，没有任何痕迹显示她是否在这房子里看到了什么与雷克斯·弗特斯科之死有关的东西。无论格拉迪丝看见了什么、知道些什么，都没留下记录。第二个茶盘为什么留在大厅？格拉迪丝为什么突然失踪？都只能靠猜测。

尼尔叹着气离开房间，关上门。

他正准备走下小螺旋梯，就听见下方的走道上传来奔跑声。

楼梯底下，海伊巡官焦虑的面孔正仰望着他，气喘吁吁。

“长官，”他慌张地喊道，“长官！我们找到她了——”

“找到她？”

“是保姆，长官……爱伦……她想起晾衣绳上的衣服还没收进来……就在后门拐角那里。所以她打着手电去收，差点被尸体绊倒。是那女孩的尸体……她是被勒死的，喉咙口缠着一条丝袜……我敢说已经死了好几个小时了。还有，长官，这玩笑真恶毒——她鼻子上夹着一个晾衣夹子。”

第十三章

一位乘火车的老太太买了三份晨报，每看完一份就折好放到一旁，露出同样的大标题。那条新闻现在不再是龟缩在角落里的豆腐块了。头版头条，触目惊心的“紫杉小筑三重惨剧”。

老太太坐得笔直，望着窗外，双唇紧抿，白里透红、满是皱纹的脸上流露出悲伤和不满。马普尔小姐乘早班火车离开圣玛丽米德村，在中转站换乘另一班车去伦敦，然后搭乘环城火车赶到伦敦的另一个车站，最后前往贝顿石楠林。

出站后，她叫了一辆出租车，让司机送她去“紫杉小筑”。马普尔小姐那么可爱，那么纯真，简直是个鹤发童颜松松软软的小老太太，结果面对这个已经被看守得严严实实的堡垒，她轻而易举拿到了通行证，真令人难以置信。虽然一大堆记者和摄影师被警方拦在外头，马普尔小姐的车却未受盘问就开进去了，所以大家都以为她只是这家人上了年纪的亲戚而已。

马普尔小姐仔细拣出一堆零钱付了车费，然后摁下前门的门铃。

克朗普开了门，马普尔小姐以老辣的目光扫了他一眼。眼神很不安分，她心想，而且吓得半死。

呈现在克朗普眼中的是一位高个老太太，身着旧款的花呢外套和裙子，围了两条围巾，头戴一顶插着羽毛的小毡帽。老太太提着一个大手提包，脚边还放着一个虽老旧但质地上乘的小箱子。一看就是位有教养的女士，于是克朗普说：

“有什么事吗，夫人？”语气极其恭敬。

“我想见见女主人，请问方便吗？”马普尔小姐说。

克朗普闪身迎她进门。他提起箱子，小心地放到大厅里。

“唔，夫人，”他十分迟疑，“不知您指的具体是哪位——”

马普尔小姐解答了他的疑惑。

“我是为了那个被杀害的可怜女孩而来的。格拉迪丝·马丁。”

“噢，明白了。夫人。那么——”他望向书房的门，一位高挑的少妇刚好走出来。“夫人，这位是兰斯·弗特斯科太太。”

帕特走过来，和马普尔小姐四目相对。马普尔小姐微微有些吃惊。她没料到在这座房子里还会见到帕特丽夏·弗特斯科这样的人。房子里的景象与她的设想差不多，但帕特则和这里的氛围不太合拍。

“是为了格拉迪丝的事，太太。”克朗普主动解释。

帕特犹豫着说：

“进来谈好吗？里面没别人。”

她带头走进书房，马普尔小姐跟在后面。

“你有指名要见谁吗？”帕特说，“因为我其实帮不上什么忙。是这样，我和我丈夫前几天才刚从非洲回来。我们对家里的事几乎完全不了解。但我可以帮你去找我丈夫的妹妹或嫂子。”

马普尔小姐打量着对方，心生好感。她喜欢帕特严谨而单纯的气质。说来也怪，她有点替帕特难过。马普尔小姐隐约觉得，寒酸的花布衣衫、马儿、小狗这样的背景，似乎比眼前富丽堂皇的豪宅更适合她。在圣玛丽米德村的马展和运动会上，马普尔小姐见过很多帕特这类型的女孩，对她们非常了解。这个看上去闷闷不乐的女孩让她感到十分亲切。

"其实很简单，"马普尔小姐小心地脱下手套，拉平手套的指尖，"是这样，我在报上看到格拉迪丝·马丁遇害的消息。我了解她的一切。她是从我们那地方来的，实际上，她的女仆技能是我培训的。既然她遇到这种惨祸，我觉得——唔，我觉得我该过来看看，能不能帮上什么忙。"

"是的，"帕特说，"当然，我明白了。"

她确实明白了。马普尔小姐此举在她看来相当自然，顺理成章。

"你能来真是好事，"帕特说，"好像大家都不了解她的情况。我是指她有哪些亲戚之类。"

"没有，"马普尔小姐说，"当然没有。她没有任何亲戚。她是从孤儿院到我家的。圣信孤儿院，管理得很好，但资金短缺。我们尽力帮助那里的女孩，给她们充分的培训什么的。格拉迪丝十七岁时到我家，我教她怎样上菜、怎样保养银器等。当然，她待的时间不长，她们都这样。她有了一点经验后，就去咖啡馆打工。女孩们几乎都喜欢这样，觉得更自由，生活也比较有乐趣。也许吧。我真的不知道。"

"我甚至连她的面都没见过，"帕特说，"她漂亮吗？"

"噢，不，"马普尔小姐说，"一点也不漂亮。她患有甲亢，脸上雀斑很多。而且她挺笨的，可怜啊。"马普尔小姐若有所思，"我想她无论到哪儿都交不到多少朋友。她对男人充满热情，可怜的女孩。但男人几乎不怎么留意她，其他女孩又经常利用她。"

“听起来好残忍。”帕特说。

“是啊，”马普尔小姐说，“恐怕生活本来就很残忍。我们真不知道该怎样对待格拉迪丝这样的女孩。她们喜欢去电影院什么的，可她们总是幻想那些不可能发生的好事降临到自己身上。这大概也算一种幸福吧，但她们免不了失望。我猜格拉迪丝是对咖啡馆和餐厅的生活失望了。没有什么光鲜或者有趣的经历，反倒累得站都站不住。可能是因为这样她才又回去当女仆了。你知不知道她在这里干了多久？”

帕特摇摇头。

“应该不太久，也就一两个月吧。”帕特略一停顿，又说，“她的遭遇太悲惨，太不值得了。我猜她可能看到了什么，或者注意到了某些事。”

“我真正担心的是晾衣夹子。”马普尔小姐的声音很轻柔。

“晾衣夹子？”

“对。我在报纸上看到的。是真的吗？发现她的时候，她鼻子上夹着一个晾衣夹子？”

帕特点点头。马普尔小姐粉红的面颊顿时涨得通红。

“这一点让我非常非常气愤，不知你能否理解，孩子。这代表一种残忍的、轻蔑的姿态。我能想象出凶手是怎样的人。居然干出这种事！恶毒到这种程度，公然践踏人性的尊严。把人都杀了，还不肯放过。”

帕特缓缓答道：“我大概明白你的意思了。”她站起身，“最好去见见尼尔警督，这个案子由他负责，这会儿他就在这里。你应该会喜欢他，他很通情达理。”她忽然打了个冷战，“整件事简直是一场恐怖的噩梦。毫无意义，逼得人发疯。一点节奏或者道理都没有。”

“我看不一定，”马普尔小姐说，“不，我看不一定。”

尼尔警督看上去疲劳而憔悴。三起命案，全国媒体一片哗然，纷纷追踪而来。本来这案子已经显出司空见惯的模式，结果突然乱了套。阿黛尔·弗特斯科，最理想的嫌疑人，如今却成了这起离奇谋杀案的第二个受害者。在这要命的一天即将过去之时，副局长把尼尔警督叫去，两人一直讨论到深夜。

虽然气馁，尼尔警督心中却有那么一点点满足感。妻子因外遇谋杀丈夫的模式未免太老套、太简单了。他始终对此有所怀疑，而现在他的怀疑得到了印证。

“整个案子的面貌完全不同了，”副局长在房中来回踱步，眉头深锁，“依我看，尼尔，我们要对付的似乎是个精神病人。先杀丈夫，然后杀妻子，但从具体案情来看，凶手就在他们的家人之中。一切都发生在家庭内部。和弗特斯科一起吃早餐的某个人在他的咖啡或食物里加了紫杉碱；那天一家人一起喝下午茶的时候，有人在阿黛尔·弗特斯科的茶杯里加了氰化钾。这个人深受信任，又不引人注目，是他们家庭的一员。会是谁呢，尼尔？”

尼尔冷冷答道：

“珀西瓦尔当时不在，所以再一次排除他。再一次排除他。”他重复了一遍。

副局长猛然看向他，这句重复的话中有某种因素引起了他的注意。

“你有什么看法，尼尔？说说吧，老弟。”

尼尔警督显得有点麻木。

“没什么，长官，算不上什么看法。我只能说，目前的形势对他相当有利。”

“也太有利了点，呃？”副局长想了想，又摇摇头，“你觉得他可能采取了某种手段？目前看不出来，尼尔。不，我看不出他要怎样下手。”

他又补了一句：“而且他这个人也很谨慎。”

“但却很精明，长官。”

“你不怀疑那几个女人，是吗？但她们也很可疑。伊莲·弗特斯科和珀西瓦尔的妻子。那天早餐的时候有她们，下午茶的时候她们也在场。两人都有机会下手。她们没有什么异常举动吗？唔，也不一定都会表现出来。说不定从她们之前的就诊记录里可以挖出点东西。”

尼尔警督没有回答。他想起了玛丽·多芙。他并没有怀疑她的确切理由，但思绪却总往那个方向飘。她身上有些东西无法解释，悬而未决。一种轻微的、包含趣味的敌意。雷克斯·弗特斯科死后，她的态度就是如此，那么现在呢？她的行为举止始终无可挑剔。他觉得，本来那点趣味应该不复存在了，可能连敌意也没有了，但他拿不准是否有那么一两次在她脸上发现了恐惧的痕迹。格拉迪丝·马丁的事，怪他，确实该怪他。她的愧疚和慌乱在他看来只是面对警察自然而然的紧张而已。那种愧疚和紧张他平时见惯了。但在这个案子里却不仅仅如此。格拉迪丝肯定看到或听到了什么，引起了她的怀疑。他觉得，也许是一件微不足道的小事，太模糊，太不明确，使她不太愿意提起。而现在，可怜的孩子，她永远无法开口了。

此刻，在“紫杉小筑”，尼尔警督略感兴趣地审视着眼前这位老太太那温和而热切的面孔。起初他不知该如何应对她，但他很快就有了决断。马普尔小姐会有用处。她为人正直，带有无可指摘的正义感，而且她和大多数老太太一样，有的是时间，加上老处女的鼻子总能嗅出各种家长里短的闲话。她可以从仆人们，甚至弗特斯科家族的女人们口中打探到他和他手下警察们永远够不着的情报。闲聊、猜测、回忆，复述别人说过做过的事情，凡此种种，她可以从中挑出重点。所以尼尔警督对她十分热情。

“你能来实在太好了，马普尔小姐。”他说。

“这是我的责任，尼尔警督。那女孩在我家住过。我觉得，在某种程度上，我得对她负责。你知道，她是个非常傻气的女孩。”

尼尔警督心领神会地看了她一眼。

“是的，”他说，“一点没错。”

看来她已经触到了问题的核心，他想。

“她不知道该怎么办，”马普尔小姐说，“我的意思是，如果出了什么状况的话。噢，天哪，我的表达能力太差了。”

尼尔警督表示理解。

“她没法判断一件事情是否重要，你是指这个？”

“噢，对，很准确，警督。”

“你说她很蠢，是指——”尼尔警督只说了一半。

马普尔小姐接过话头。

“她太容易上当受骗。她那种女孩，就算有点积蓄，也会被骗子卷走。当然，她从来没存下什么钱，因为她总花钱买些不适合她的衣服。”

“对男人呢？”警督问。

“她特别想要个男朋友，”马普尔小姐说，“其实我觉得她离开圣玛丽米德村就是因为这个。那里竞争太激烈，男人太少。她曾经对送鱼的年轻人寄予希望。弗雷德对所有女孩都甜言蜜语，但并没有什么特别含义。这让可怜的格拉迪丝很伤心。不过，我听说她最后还是有男朋友了？”

尼尔警督点点头。

“好像是吧。据说名叫阿尔伯特·埃文斯。似乎是在某次野营时认识的。他没给过她戒指，什么也没有，所以也不排除是她捏造的。她跟厨娘说他是个采矿工程师。”

“听起来可能性太低了，”马普尔小姐说，“但我敢说这都是他告诉她的。我说过，她什么话都相信。你们没把他和这个案子联系起来？”

尼尔警督摇摇头。

“不，我觉得跟这件事应该没关系。他好像从没来找过她，隔三岔五给她寄张明信片，通常是从港口寄来的——可能是波罗的海航线某条船上的四等机师。”

“唔，”马普尔小姐说，“幸好她也有一点小小的浪漫。既然她的生命以这种方式突然结束——”她的嘴唇绷紧了，“你知道吗，警督，这让我非常、非常气愤。”她的语气和刚才与帕特·弗特斯科交谈时一样，“尤其是晾衣夹子。警督，那实在太恶毒了。”

尼尔警督饶有兴趣地注视着她。

“我明白你的意思，马普尔小姐。”他说。

马普尔小姐咳嗽两声表示歉意。

“我也不知道——这可能过于冒昧了——不知道我能不能为你出一份微薄之力，以我的女性视角。这次的凶手非常恶毒，尼尔警督。恶人一定要有恶报。”

“这年头不太流行这种观念，马普尔小姐，”尼尔警督沉声答道，“但这并不代表我不赞同你的看法。”

“车站附近有家旅馆，或者是叫作‘高尔夫旅馆’？”马普尔小姐试探道，“这里应该有位拉姆斯伯顿小姐，对外国的传教团很感兴趣。”

尼尔警督审视着马普尔小姐。

“对，”他说，“也许你已经在那儿打听到什么了。我跟那位老小姐的接触不太成功。”

“你真是太好了，尼尔警督，”马普尔小姐说，“幸好你没把我当成纯粹来看热闹的人。”

尼尔警督突然露出意想不到的微笑。他一直觉得马普尔小姐看上去并不像通常意义上的“复仇女神”，但那或许正是她的真面目呢。

“报纸上的新闻往往过于耸人听闻，”马普尔小姐说，“但恐怕都不够准确。”她以询问的目光望向尼尔警督，“如果能掌握最真实的事实就好了。”

“也不算太夸张，”尼尔说，“除去那些不恰当的炒作，情况大致是这样：弗特斯科先生在办公室里因紫杉碱中毒身亡。紫杉树的浆果和叶子里都含有紫杉碱。”

“在这儿很容易弄到。”马普尔小姐说。

“可能吧，”尼尔警督说，“但这方面我们没有证据。我是说到目前为止。”他强调这一点，是因为他认为马普尔小姐或许能助一臂之力。如果房子里有人酿煮或调配过紫杉果的汁液，马普尔小姐很有希望捕捉到蛛丝马迹。她是那种会自己酿酒、配药、煮茶的老太太。她对调制这类东西的方法应当颇有心得。

“弗特斯科太太呢？”

“弗特斯科太太和家人在书房喝茶。最后一个离开茶几、走出房间的是她的继女伊莲·弗特斯科小姐。她说她离开时弗特斯科太太正给自己又倒了一杯茶。过了二十分钟或半小时左右，管家多芙小姐进去收茶盘。弗特斯科太太还坐在沙发上，死了。她身旁的茶杯里还有四分之一的茶水，残渣中检验出了氰化钾。”

“那东西的毒性发作得很迅速。”马普尔小姐说。

“的确。”

“这么危险的东西，”马普尔小姐嘀咕着，“可以用来除蜂窝，但我一直非常非常小心。”

“说得对，”尼尔警督说，“这里的园丁棚子里就有一袋。”

“又是就地取材，”马普尔小姐说，然后又补了一句，“弗特斯科太太吃了什么吗？”

“噢，吃了。他们的下午茶很丰盛。”

“有蛋糕对吧？面包和奶油？有没有烤饼？果酱？蜂蜜？”

“有，有蜂蜜和烤饼，巧克力蛋糕和瑞士卷，还有其他好几盘点心。”尼尔好奇地看着她，“氰化钾是在茶水里的，马普尔小姐。”

“噢，是的，是的，我明白。这么说吧，我只是在了解整个场景。这非常有意义，不是吗？”

他略显迷茫地看着她。她的脸颊红润，双眼发亮。

“那第三起命案呢，尼尔警督？”

“唔，事实似乎也很清晰。格拉迪丝那女孩端上茶点，然后端着第二个盘子走到大厅，却放在那里了。她一整天都像丢了魂似的。后来就没人见过她。厨娘克朗普太太一口咬定那女孩没跟任何人打招呼就溜出去过夜。估计她是看到那女孩穿了双精致的尼龙长袜和最好的鞋子才这么有把握。但她错了。那女孩明显是突然想起屋外晾衣绳上还有些衣服，赶紧跑出去收，刚收到一半，有人趁她不注意，从背后用丝袜勒住她的脖子——唔，就这么回事。”

“从外头来的人？”马普尔小姐问。

“可能吧，”尼尔警督说，“但也许是家里人。有人一直等待那女孩落单的机会。我第一次找那女孩问话时，她又难过又紧张，可惜当时我们没察觉到其中的重要性。”

“噢，这怎么能怪你，”马普尔小姐喊道，“普通人被警察询问的时候，经常都会显得心虚和尴尬啊。”

“的确没错，但这一次，马普尔小姐，却远不止这些。我猜格拉迪丝看到某人做了一件在她看来需要解释的事。那件事应该不会太突出，否则她早就说出来了。但我觉得她可能当面找过那个人，于是那人意识到格拉迪丝是一个威胁。”

“所以格拉迪丝被勒死了，鼻子上还夹了一个晾衣夹子。”马普尔小姐自言自语。

“是的，太恶毒了。简直不把人当人看。这种浮夸的恶意真的没多大必要。”

马普尔小姐摇摇头。

“不见得没必要。整个案子都符合一种模式，不是吗？”

尼尔警督好奇地望着她。

“我没太听懂，马普尔小姐。你说的‘模式’是指什么？”

马普尔小姐顿时有些不安。

“唔，我是指看起来确实——我的意思是，连起来看就有条理了，你明白吧——唔，总不能脱离实际情况，对不对？”

“我还是没听懂。”

“哎，我是指——首先是弗特斯科先生。雷克斯·弗特斯科。在城里的办公室遇害。然后是弗特斯科太太，坐在书房里喝茶。烤饼和蜂蜜。接着是可怜的格拉迪丝，鼻子上夹了一个晾衣夹子。整个案子都成型了。那位迷人的兰斯·弗特斯科太太对我说，这个案子一点节奏或者道理都没有，但我可不同意，因为刚才我归纳的这些不就是一种节奏吗？”

尼尔警督缓缓开口：“我还是没——”

马普尔小姐连忙补充：

“你大概三十五六岁吧？对吗，尼尔警督？那你应该还有印象，我是指小时候听过的儿歌。如果一个人从小就听《鹅妈妈童谣》——那就很重要了，不是吗？我在意的是，”马普尔小姐停了停，似乎鼓足了勇气，才大胆往下说，“当然，我知道对你说这些很失礼。”

“请尽管说吧，马普尔小姐。”

“唔，那就好。我会的。不过，哎，我实在没什么自信，因为我知道自己太老了，头脑糊涂得很，而且我敢说我的观点没什么价值。但我想说的是，你调查过黑画眉的问题吗？”

第十四章

1

尼尔警督瞪着马普尔小姐差不多十秒钟，完全摸不着头脑。他的第一反应是：这老太太是老糊涂了吧？

“黑画眉？”他重复道。

马普尔小姐使劲点头。

“是啊。”她答道，然后朗诵起来：

唱一首六便士之歌，用一口袋黑麦，
把二十四只黑画眉烘进馅饼里。
一切开馅饼，鸟儿就开始歌唱；
这不就是献给国王的大餐吗？

国王在账房里数钞票，

王后在客厅吃面包和蜂蜜

女佣在花园里晒衣服，

一只小鸟飞来，叼走了她的鼻子。

“老天啊。”尼尔警督说。

“我的意思是，每一点都吻合，”马普尔小姐说，“他的衣袋里不是放了黑麦吗？有份报纸上这么说。其他报纸只说是谷物，那就有很多可能了。比如‘农民之光’或者干玉米片之类的早餐食品——甚至玉米粉——但实际上是黑麦没错吧？”

尼尔警督点点头。

“那就对了，”马普尔小姐得意地说，“雷克斯·弗特斯科。‘雷克斯’有‘国王’的意思。在他的‘账房’里。弗特斯科太太是‘王后’，‘在客厅里吃面包和蜂蜜’。所以，凶手当然要在可怜的格拉迪丝的鼻子上夹一个晾衣夹了。”

尼尔警督说：“你是指整个案件都是疯子干的？”

“唔，不能急着下结论——但这的确很古怪。反正你一定得查查黑画眉。肯定和黑画眉有关！”

恰在此时，海伊巡官急匆匆跑进来：“长官。”

他一见马普尔小姐就不说话了。尼尔警督恢复了常态，说：

“谢谢，马普尔小姐。我会去调查。既然你关心那女孩，就麻烦你看看她房间里的遗物吧，马上让海伊带你去。”

马普尔小姐领会了这一“逐客令”，颤巍巍走出去了。

“黑画眉！”尼尔警督小声嘀咕。

海伊巡官瞪大眼睛。

“海伊，有什么事？”

“长官，”海伊巡官又着急起来，“看看这个。”

他拿出一个裹在脏手帕里的东西。

“是在灌木丛里发现的，”海伊巡官说，“有可能是从某扇朝后院的窗户丢出去的。”

他把东西倒在警督面前的桌上，警督俯身细看，不禁有些激动。那是满满一罐橘子酱。

警督一言不发地审视着，表情木然而呆滞。其实这意味着尼尔警督的想象力正在高速飞驰，活生生的影像正在他的脑海中上演。他看见一罐新的橘子酱，看见一双手小心地掀开盖子，看见橘子酱被舀出一小勺，拌上一点紫杉碱再放回罐子里，抚平表面，又小心地盖上盖子。他在此打住，问海伊巡官：

“他们没把橘子酱挖出来放到小瓶子里？”

“没有，长官。战争期间物资短缺，习惯了整罐端上去，后来就保留下来了。”

尼尔嘀咕着：“当然，这就更方便了。”

“还有，”海伊巡官说，“弗特斯科先生是唯一一个会在早餐时吃橘子酱的人（珀西瓦尔先生如果在家也会吃）。其他人吃果酱或蜂蜜。”

尼尔点点头。

“嗯，”他说，“这就很简单了，不是吗？”

片刻后，他脑中又浮现出一幅画面。早餐时间，雷克斯·弗特斯科伸手拿过装橘子酱的罐子，舀出一勺，抹在奶油面包片上。简单多了，这可比在他的咖啡杯里动手脚简单得多、风险也小得多。几乎是万无一失的下毒高招！然后呢？又过了片刻，另一幅不那么清晰的画面出现了。另一瓶橘子酱被挖出相同的分量，用来偷梁换柱。接着是一扇敞开的窗户，一只手伸出来，将罐子扔进灌木丛。谁的手？

尼尔警督摆出一副公事公办的口吻：

“好，这当然得拿去做鉴定，看看里面有没有紫杉碱。不能急着下结论。”

“是的，长官。说不定还能发现指纹呢。”

“多半不会是我们想要的，”尼尔警督闷声说，“肯定有格拉迪丝的指纹，还有克朗普和弗特斯科自己的。估计还有克朗普太太、杂货店的店员，以及其他人的！往里面加紫杉碱的人一定很小心，不让自己的指头直接接触罐子。总之，我说了，不能急着下结论。他们是怎样买到橘子酱的？平时放在什么地方？”

勤勉的海伊巡官早已准备好了这些问题的答案。

“橘子酱和果酱每次买六罐。如果原来那罐快用完了，就往餐具室里放一罐新的。”

“也就是说，”尼尔说，“早在上桌前几天可能就已经动过手脚。家里所有人，以及有机会进屋的人，都有机会。”

“有机会进屋”这几个字令海伊巡官十分不解。他不明白顶头上司在打什么主意。

但尼尔正做出一个在他看来合乎逻辑的假设。

如果橘子酱之前就被人下了毒——那么案发当天早上同桌用餐的人就可以排除了。

这样一来，又多了一些有趣的可能。

他打算约谈不少人——这次要从完全不同的角度切入。

他要充分打开思路……

他甚至开始认真考虑那位老小姐——她叫什么来着——关于儿歌的提示。因为毫无疑问，那首儿歌与案情的贴合程度令人震惊。同时也能与他一开始就担忧的那个问题对号入座。那一袋黑麦。

“黑画眉？”尼尔警督喃喃自语。

海伊巡官瞪大了眼睛。

“不是黑莓酱，长官，”他说，“是橘子酱。”

2

尼尔警督去找玛丽·多芙。

他发现她在二楼一间卧室里监督爱伦拆下看上去还挺干净的床单。椅子上放着一小摞干净的毛巾。

尼尔警督有些不解。

“有人来住？”他问道。

玛丽·多芙朝他微微一笑。与一脸杀气腾腾的爱伦相比，玛丽依然那么镇静。

“其实刚好相反。”

尼尔以目光递出一个问号。

“这本来是我们为杰拉德·莱特先生准备的客房。”

“杰拉德·莱特？他是谁？”

“伊莲·弗特斯科小姐的一位朋友。”玛丽刻意抹平了声音中的高低起伏。

“他原本要来——什么时候？”

“他应该是在弗特斯科先生去世后第二天入住高尔夫旅馆的。”

“第二天。”

“这是弗特斯科小姐的说法。”玛丽的声音仍然不带感情色彩，“她告诉我，她想让他来家里住——所以我准备了一间客房。现在——又出了两起——悲剧——看来他还是留在旅馆更妥当些。”

“高尔夫旅馆？”

“是的。”

“好。”尼尔警督说。

爱伦收起床单和毛巾，走出去了。

玛丽·多芙向尼尔投来询问的目光。

“你找我有事？”

尼尔坦然答道：“看来查清确切的时间点很重要。这家人的时间观念似乎都有点模糊——这也许不难理解。而你，多芙小姐，我发现你对时间点的把握极为精确。”

“也不难理解吧！”

“是的——也许——我不得不赞美你，尽管接二连三的死亡造成了——嗯，恐慌——你仍然把这个家维持得井井有条。”他略一停顿，又好奇地问，“你是怎样办到的？”

他早已敏锐地捕捉到，玛丽·多芙那坚实得不可思议的盔甲只有一道裂缝，那就是她对自己的效率颇为自得。她回答时，态度果然松动了一点点。

“说起来，克朗普夫妇想马上离开。”

“我们不会同意的。”

“我知道。但我还告诉他们，珀西瓦尔·弗特斯科先生应该会对给他省下不少麻烦的人——唔——相当慷慨。”

“爱伦呢？”

“爱伦不想走。”

“爱伦不想走，”尼尔重复道，“她倒挺有胆量。”

“她很享受灾难，”玛丽·多芙说，“她和珀西瓦尔太太一样，把灾难当作一出好戏。”

“有意思。你是否认为珀西瓦尔太太对这几桩悲剧——乐在其中？”

“不——当然不。那也太过分了。最多只能说，这种心态让她……唔……可以承受得住。”

“那么，你受到了什么影响呢，多芙小姐？”

玛丽·多芙耸耸肩。

“这样的经历令人不快。”她冷冷答道。

尼尔警督再次涌起突破这位冷静女管家心理防线的冲动——找出她那处处设防且精明能干的姿态背后，究竟藏着什么。

他突然话锋一转：

“嗯，我简单总结一下时间和地点：你最后一次看见格拉迪丝·马丁，是下午茶之前，在大厅里，当时的时间是四点四十分？”

“是的，我让她把茶端上来。”

“你自己是从什么地方过去的？”

“从楼上——几分钟之前我好像听到了电话铃声。”

“会不会是格拉迪丝接了电话？”

“是的。拨错号。那人想找贝顿石楠林的洗衣店。”

“那是你最后一次看见她？”

“过了十分钟左右，她端着茶盘进了书房。”

“然后伊莲·弗特斯科小姐进来了？”

“是的，大约三四分钟后。接着我上楼去通知珀西瓦尔太太茶点准备好了。”

“这是惯例吗？”

“噢，不——大家想什么时候来喝茶都可以——但弗特斯科太太问大家都在哪儿。我本以为听见珀西瓦尔太太下楼——结果是我听错了。”

尼尔打断她。这是一条新信息。

“你是说听见楼上有人走动？”

“是的，我觉得就在楼梯口。但没人下楼，我就上去了。珀西瓦尔太太在她卧室里，刚到。之前她出去散步——”

“出去散步……知道了。时间是——”

“噢，我想是五点钟左右。”

“那么兰斯·弗特斯科先生，他是什么时候抵达的？”

“我又回到楼下之后几分钟。我还以为他早些时候就到了，可是——”

尼尔警督打断她：

“你为什么以为他早些时候就到了？”

“因为我好像从楼梯拐角那里的窗户瞄到他了。”

“你是指他在花园里？”

“是的。我瞧见有人穿过紫杉树篱，就想着应该是他。”

“这发生在你通知珀西瓦尔·弗特斯科太太茶点已经准备好之后，下楼的途中？”

玛丽纠正他：“不，不是那时候，更早一些，是我第一次下楼时。”

尼尔警督瞪大眼睛。

“你确定吗，多芙小姐？”

“是的，肯定没错。所以我见到他时才特别惊讶——我是指他摁响门铃的时候。”

尼尔警督摇摇头。他尽量压抑住心底的激动，不动声色地说：

“你看到在花园里的那个人不可能是兰斯洛特·弗特斯科。他的火车原定四点二十八分到站，但却晚点九分钟。他四点三十七分在贝顿石楠林车站下车。等出租车还得花几分钟，那班火车总是客满。他从车站出来差不多要四点四十五分了（距离你看见花园里有人，已经过去了五分钟），而从车站开车到这里需要十分钟。他最快也只能是四点五十五分在大门口付钱下车。不——你看到的并不是兰斯洛特·弗特斯科。”

“我确实看到一个人。”

“没错，你看到了某个人。当时天色渐渐暗了，你应该看得不太清楚吧？”

“哦，也对，我看不到他的脸什么的，只能看出身材——又高又瘦。我们当时正等着兰斯洛特·弗特斯科，所以我直接就认定是他。”

“他往哪个方向走？”

“沿着紫杉树篱，朝房子东侧走。”

“那里有扇侧门。锁住了吗？”

“夜里整座房子锁门的时候那里才会上锁。”

“任何人都可能在不被家里人察觉的情况下，从那扇侧门进屋。”

玛丽·多芙思索着。

“我想是的。没错。”她即刻补充，“你是指——后来我听见在楼上走动的人，可能从那扇侧门溜进来？可能就躲在……楼上？”

“大致如此。”

“但会是谁——”

“这还有待追查。谢谢你，多芙小姐。”

她正转身要走，尼尔警督故作漫不经心地问道：“对了，你应该不清楚黑画眉的事吧？”

看起来，这是第一次，玛丽·多芙吓了一跳。她猛然转回来。

"我……你说什么？"

"我在问你黑画眉的事。"

"你的意思是——"

"黑画眉。"尼尔警督说。

他摆出一副愚笨到极点的表情。

"你是指夏天那件蠢事？但那不可能……"她忽然噤声。

尼尔警督微笑道："闲话可不少，但从你这里应该能听到比较可靠的经过。"

玛丽·多芙恢复了冷静、精明的本色。

"依我看，那是个愚蠢、恶毒的玩笑，"她说，"弗特斯科先生书房的桌子上放了四只死掉的黑画眉。当时是夏天，窗户都开着，我们还以为是园丁的儿子恶作剧，但他一口咬定他没干那种事。可那确实是园丁射下来后挂在果树林里的黑画眉。"

"有人把它们拿下来放到弗特斯科先生桌子上？"

"是的。"

"有任何原因吗——任何能和黑画眉沾边的线索？"

玛丽摇摇头。

"我想没有。"

"弗特斯科先生是什么反应？生气吗？"

"当然生气了。"

"但并没有心慌意乱？"

"我真的想不起来了。"

"知道了。"尼尔警督说。

他不再追问。玛丽·多芙再次转身离去，但他觉得，这次她似乎走得有点不情愿，仿佛还想进一步探究他的想法。尼尔警督不禁有些忘恩负义地责怪起马普尔小姐来了。她提醒他此案与黑画眉有关，果不其然，黑画眉真的出现了！但不是二十四只。其中很可能寄托了某种象征性的意义吧。

黑画眉事件远在夏天，而且尼尔警督想象不出那和眼下的案情有什么关联。这是精神正常的凶手出于合理动机所犯下的谋杀案，他不会让这幽灵般的黑画眉干扰他清醒而有逻辑的侦破思路，但恐怕从现在开始，他不得不将更为疯狂的可能性纳入考虑范畴。

第十五章

1

“抱歉，弗特斯科小姐，又来打扰你了，但这件事我必须问清楚。据我们了解，你是最后一个——或许该说是倒数第二个——看到弗特斯科太太还活着的人。你离开客厅是在五点二十分左右吗？”

“差不多，”伊莲说，“我说不准。”她又替自己辩解，“人总不会一直盯着钟看啊。”

“对，当然不会。屋里只剩下你和弗特斯科太太的时候，你们都聊了些什么？”

“我们聊什么很重要吗？”

“可能没关系，”尼尔警督说，“但也许能给我一些线索，推测弗特斯科太太当时的想法。”

“你是指——她或许是自杀？”

尼尔警督注意到她的神情为之一亮。涉案的家庭自然欢迎这种结论。然而尼尔警督始终不相信。阿黛尔·弗特斯科绝不是会自我了断的那种人。即便她毒死了丈夫，也明白自己难逃法网，她也根本不会兴起自杀的念头。她会乐观地认定自己能在谋杀案的庭审中无罪开释。不过，尼尔警督对伊莲·弗特斯科的假设并不反感。所以他十分真诚地说：

“至少有这种可能性，弗特斯科小姐。那么，能不能告诉我你们的谈话内容呢？”

“唔，其实是谈我的私事。”伊莲迟疑着。

“你的私事是指……”尼尔神情和蔼，语气循循善诱。

“我——我的一个朋友来了这附近，我问阿黛尔是否反对——我请他来家里住。”

“啊。这位朋友是谁？”

“杰拉德·莱特先生。他是一位教师，他……他现在住在高尔夫旅馆。”

“是很亲密的朋友吗？”

尼尔警督露出伯父般的温暖笑容，至少让他显得老了十五岁。

“我们是不是很快就能听到喜讯呢？”

见女孩手足无措，满脸红晕，他几乎受到了良心的谴责。她肯定爱上了那家伙。

“我们……我们还没正式订婚，当然，现在也不可能宣布。但是……唔，是的，我们应该会……我的意思是我们以后会结婚。”

“恭喜，”尼尔警督笑道，“你说莱特先生住在高尔夫旅馆？住多久了？”

“父亲去世后我给他拍了电报。”

“他马上就赶了过来。明白了。”尼尔警督说。

这种表述令人安心，而且他的态度也十分友善亲切。

“你跟弗特斯科太太提这件事，她怎么说？”

“噢，她说，‘好啊，你想请谁来都可以’。”

“她的态度很好？”

“也没那么好。我的意思是，她说——”

“嗯，她还说什么？”

伊莲的脸又红了。

“噢，说了些傻话，什么我现在越来越会替自己打算了之类的。阿黛尔就爱说这些。”

“啊，好吧，”尼尔警督安慰道，“自家人难免随便一点。”

“是啊，是啊，没错。但大家往往很难——很难用正确的眼光看待杰拉德。他是个学者，你知道的，而且他的很多观念比较叛逆、激进，不太讨人喜欢。”

“所以他跟你父亲不太合得来？”

伊莲的脸涨得通红。

“父亲偏见很深，太不公平。他伤害了杰拉德的自尊。事实上，父亲的态度让杰拉德非常不高兴，说走就走，一连几个星期都没和我联系。”

要不是你父亲死了，给你留下一笔钱，只怕他再也不会和你联系了，尼尔警督心想。他又说：

“你和弗特斯科太太还聊了别的什么吗？”

“没有。没有，我想没有。”

“当时是五点二十五分左右。五点五十五分，有人发现弗特斯科太太已经死了。这半小时内，你没回到那个房间吧？”

“没有。”

"你去做什么了？"

"我——我出去散了一小会儿步。"

"去了高尔夫旅馆？"

"我……哎，是的，但杰拉德不在。"

尼尔警督又说了声"明白了"，但这次有送客的意思，于是伊莲·弗特斯科起身说："那就这样？"

"就这样吧。谢谢，弗特斯科小姐。"

她正起身离去，尼尔又随口问道："关于黑画眉，你应该没有什么要说的吧？"

伊莲瞪着他。

"黑画眉？你是指馅饼里的那些？"

原来在馅饼里啊，警督心想。但他只说："是什么时候的事？"

"喔！三四个月以前，父亲的书桌上也有几只。他气坏了——"

"他气坏了？是不是问了很多问题？"

"是的，那还用说，但我们查不出是谁放的。"

"你知不知道他为什么那么生气？"

"唔，这种事难道不是很让人毛骨悚然吗？"

尼尔若有所思地望着她，但没能在她脸上发现躲闪的神色。他说："噢，还有一件事，弗特斯科小姐。你知不知道你的继母是否立过遗嘱？"

"我不清楚。我……我想应该有。人总会立遗嘱的，不是吗？"

"本该如此——但未必都能付诸实践。你本人立过遗嘱吗，弗特斯科小姐？"

"不……没……我没有。到目前为止我也没什么能留给别人的，当然，现在就——"

从她的双眸中，他看出她意识到自己的地位已然不同往日。

“是的，”他说，“五万英镑可是很重大的责任，许多事都将因此而改变，弗特斯科小姐。”

2

伊莲·弗特斯科离开后，尼尔警督怔怔地坐着思考了一会儿。说真的，他的思考有了全新的素材。玛丽·多芙声称四点三十五分左右看见花园里有人，这就产生了几种新的可能。当然，前提是玛丽·多芙说了实话。尼尔警督从来不习惯将别人说实话作为先决条件。但他仔细考量她的证词，并未看出她有什么理由撒谎。玛丽·多芙说她看见花园里有人，他倾向于相信这是真话。那人显然不可能是兰斯洛特·弗特斯科，虽然在当时的情况下，玛丽·多芙推测那人是兰斯还是很顺理成章的。那人不是兰斯洛特·弗特斯科，却是一个和兰斯洛特·弗特斯科身高体形都相仿的男人，而且，如果那个时间花园里有人，这个人还藏头露尾、潜伏在紫杉树篱后面，这显然值得深思一番。

除此之外，玛丽·多芙还表示她听到楼上有人走动。这又能联系到另一条线索——他在阿黛尔·弗特斯科卧房地毯上发现的那一小团泥块。尼尔警督回想着那个房间里漂亮的小书桌。精巧的仿古家具，很明显有个秘密抽屉。抽屉里有三封信，是维维安·杜波瓦写给阿黛尔·弗特斯科的信。尼尔警督的职业生涯中曾经手过许多各式各样的情书。他对热情洋溢的、蠢话连篇的、伤春悲秋的、絮絮叨叨的信件都相当熟悉。有些信则写得小心翼翼。尼尔警督将这三封信归入最后一类。即便拿到离婚法庭上宣读，多半也只会被判定为“柏拉图式的友谊”。只是在本案中，“友谊个屁！”尼尔警督在心里骂了句脏话。他一发现这些信就立即送去苏格兰场，因为当时的主要问题是检察官觉得指控阿黛尔·弗特斯科（或者阿黛尔·弗特斯科与维维安·杜波瓦共谋）的证据不够充分。一切都表明雷克斯·弗特斯科是被妻子毒死的，无论她的情夫是否知情。这些信固然措辞小心，却足以表明维维安·杜波瓦就是她的情夫，不过在尼尔警督看来，字里行间倒没有挑唆她犯罪的迹象。或许口头上煽动过，但以维维安·杜波瓦的谨慎，绝不会留下这种书面证据。

尼尔警督猜测，维维安·杜波瓦曾要求阿黛尔·弗特斯科把信毁掉，而阿黛尔·弗特斯科也回应说自己照办了。

哎，现在他们手头又多了两起命案。这表明，或者应当表明，阿黛尔·弗特斯科没有谋杀亲夫。

除非——尼尔警督提出一个新的假设——除非阿黛尔·弗特斯科想嫁给维维安·杜波瓦，但维维安·杜波瓦的真正目标不是阿黛尔·弗特斯科，而是阿黛尔·弗特斯科从亡夫那里能继承到的十万英镑。他可能以为雷克斯·弗特斯科会被视为自然死亡，比如中风或某种疾病之类。毕竟一年来大家都对雷克斯·弗特斯科的健康状况深感担忧。（对了，尼尔警督提醒自己，这个问题还需进一步调查。潜意识里，他总觉得这一点也许很重要。）后来，雷克斯·弗特斯科之死的发展超出预计，不仅被及时判断为毒杀，就连具体的毒药也准确命中。

假设阿黛尔·弗特斯科和维维安·杜波瓦就是凶手，他们当时会是什么状况？维维安·杜波瓦必定惶恐不安，阿黛尔·弗特斯科则会失去理智。她可能会做蠢事，或者说蠢话。她可能会给杜波瓦打电话，说话口无遮拦，令杜波瓦意识到“紫杉小筑”可能有人听到了她的话。

那么，维维安·杜波瓦接下来会采取什么行动？

现在尝试回答这个问题还太早，但尼尔警督当即决定去一趟高尔夫旅馆，查一查四点十五分到六点之间，杜波瓦在不在旅馆里。维维安·杜波瓦个子很高，皮肤黝黑，和兰斯·弗特斯科有点像。他有可能从花园溜到侧门，上楼，然后呢？搜寻那几封信，发现信不见了？也许他会静候时机，一直等到下午茶结束、书房里只有阿黛尔·弗特斯科的时候？

但这一切发展得未免太快了——

尼尔已经盘问过玛丽·多芙和伊莲·弗特斯科，现在他要看看珀西瓦尔·弗特斯科的妻子会说些什么。

第十六章

1

尼尔警督在楼上珀西瓦尔太太的起居室里找到了她，她正在写信。见警督进门，她慌慌张张地站起身来。

“是不是有事……什么……有没有——”

“请坐，弗特斯科太太。我只想再问几个问题。”

“噢，好的，好的，当然可以，警督。这一切真是太糟了，对吗？太糟了。”

她十分紧张地坐进一张扶手椅。尼尔警督则坐到她旁边一张靠背笔直的小椅子上，比之前任何时候都更仔细地审视她。大体上是个很平凡的女人，他想——同时又觉得她并不快乐。她心神不定，心怀不满，智商不高，但在她的护理本行这方面可能又是一把好手。虽然她嫁了个有钱人、衣食无忧，但空闲的生活并不能令她满足。她买衣服、读小说、吃甜食，可他记得雷克斯·弗特斯科去世那天晚上，她的兴奋竟显得有些贪婪。看得出，与其说那是残忍的满足感，倒不如说她的日常生活实在无聊得有如不毛沙漠。在他探询的目光逼视之下，她的眼皮连连颤动，最后低垂下去，这让她显得既紧张又内疚，但他不太确定是否果真如此。

“我们免不了有一问再问的必要，”他安慰道，“可能惹得你们很反感，这我能理解。但你也明白，很多事的重要意义就在于具体的时间点。当时你好像很晚才下楼喝茶？实际上是多芙小姐上楼来请你。”

“是的。是的，是她。她过来说茶点上齐了。我还没意识到已经那么晚了。我一直在写信。”

尼尔警督瞥了一眼书桌。

“知道了，”他说，“我听说你是去散步。”

“是她说的吗？是啊——你说得对。我之前一直在写信，屋里很闷，我有点头痛，就出去……呃……散了散步。只是去花园里转了转而已。”

“这样啊。没遇到什么人吗？”

“遇到什么人？”她瞪着他，“你是什么意思？”

“我只是好奇，你散步的时候有没有见到什么人，或者被什么人看见。”

“我远远地看到了园丁，没别人了。”她狐疑地看着他。

“然后你进屋，上楼回到房里，刚换下衣服，多芙小姐就来通报茶点准备好了？”

“是的。就是这样，于是我下楼去。”

“还有谁在那儿？”

“阿黛尔和伊莲，过了一两分钟，兰斯也来了。我的小叔子，你知道，从肯尼亚回来的那位。”

“你们大家一起喝茶？”

“对，喝茶。然后兰斯起身去看艾菲姨妈，我回来继续写信。剩下伊莲和阿黛尔在一起。”

他点点头以示安慰。

“没错。你们走后，弗特斯科小姐似乎和弗特斯科太太一起待了五到十分钟。你丈夫当时还没到家？”

“噢，没有。珀西——瓦尔——六点半到七点才回来。他一直在城里。”

“他是乘火车回来的？”

“是的，从车站再坐出租车。”

“他乘火车回家是特殊情况吗？”

“有时会乘火车，次数不算多。我想他应该去了城里不太方便停车的地方，从加农街回来乘火车更方便。”

“明白了。”尼尔警督又说，“我问过你丈夫，弗特斯科太太生前是否立过遗嘱。他认为没有。你应该不太了解这事吧？”

令他意外的是，詹妮弗·弗特斯科连连点头。

“有啊，”她说，“阿黛尔立过遗嘱。她告诉我了。”

“真的！什么时候？”

“噢，不太久，大约一个月以前吧。”

“真有意思。”尼尔警督说。

珀西瓦尔太太热切地倾身向前，表情极其生动。能够充分展现她的“无所不知”，显然令她异常享受。

“瓦尔还不知道呢，”她说，“谁也不知道。我是凑巧发现的。当时我在街上，刚从文具店出来，就看见阿黛尔走出一家律师事务所。是高地街的‘安塞尔－沃莱尔律师事务所’。”

“啊，”尼尔说，“当地的律师？”

“对。我问阿黛尔：‘你去那里干什么？’她笑着说：‘想知道吗？’然后我们一起走，她说：‘告诉你吧，詹妮弗，我是去立遗嘱了。’我说：‘哎呀，这是为什么，阿黛尔，你应该没生病啊？’她说没有，当然没病，身体好着呢。但每个人都会立遗嘱的。她说她不想去伦敦找那个烦人的比林斯利先生，我们家的家庭律师。她说那个老东西会向家里其他人泄露秘密。‘不，’她说，‘我的遗嘱是我自己的事，詹妮弗，我要自己处理，不让任何人知道。’我说：‘好的，阿黛尔，我不会告诉别人。’她说：‘你说出去也没关系，反正你不知道遗嘱内容。’但我没对任何人说过。不，就连珀西也没告诉。我觉得女人就该团结起来。你说呢，尼尔警督？”

“我相信你也是一片好意，弗特斯科太太。”尼尔警督的措辞颇为艺术。

“我这人就是心肠好，”詹妮弗说，“其实我不太喜欢阿黛尔，你懂我的意思。我总觉得她是那种为达目的不择手段的女人。现在她死了，可能是我误会她了，可怜的人。”

“嗯，非常感谢，弗特斯科太太，你帮了我大忙。”

“不客气。能出点力，我高兴还来不及呢。整件事那么可怕，不是吗？今天早上来的老太太是谁？”

“是马普尔小姐，她好意来向我们提供格拉迪丝那女孩的信息。格拉迪丝·马丁以前好像在她家当过帮佣。”

“真的？有意思。”

“还有件事，珀西瓦尔太太。你知不知道什么和黑画眉有关的事？”

詹妮弗·弗特斯科吓了一大跳，手提包应声落地，她连忙俯身捡起。

“黑画眉，警督？黑画眉？哪种黑画眉？”

她似乎喘不过气来。尼尔警督微微一笑：

“就是黑画眉啊，无论是死是活，或者，哪怕只是象征意义也行。”

詹妮弗·弗特斯科尖声说：

“我不明白你的意思，听不懂你在说什么。”

“那么，关于黑画眉，你什么都不知道吗，弗特斯科太太？”

她缓缓答道：

“我猜你指的是夏天藏在馅饼里的那几只。真是愚蠢。”

“书房的桌子上也有几只，不是吗？”

“全都是非常愚蠢的玩笑。也不知道是谁跟你提起这些的。当时我的公公弗特斯科先生发了好大脾气。”

“只是生气而已？没别的？”

“噢。我明白你的意思了。是的，我想——对，是真的。他问我们附近有没有出现陌生人。”

“陌生人！”尼尔警督扬起眉毛。

“嗯，他是这么说的。”珀西瓦尔太太解释。

“陌生人，”尼尔警督若有所思地重复，“他是否显得有些害怕？”

“害怕？我没明白。”

“紧张。我是指因为陌生人而紧张。”

“有，是的，的确有。当然，我记得不太清楚，毕竟是几个月之前的事了。我觉得那只是愚蠢的玩笑而已，没准是克朗普干的。我真的认为那个克朗普有点不正常，而且我确定他酗酒。有时他的态度非常粗鲁。我还好几次怀疑他会不会对弗特斯科先生心怀怨恨。警督，你看有没有这种可能？”

“一切都有可能。”尼尔警督说完就离开了。

2

珀西瓦尔·弗特斯科去了伦敦，但尼尔警督在书房找到了兰斯洛特夫妇，他们正对坐下棋。

“本来不想打扰你们。”尼尔道歉。

“警督，我们只是随便打发时间而已，对吧，帕特？”

帕特点点头。

“我要问的问题可能非常愚蠢，”尼尔说，“你知不知道和黑画眉有关的事情，弗特斯科先生？”

“黑画眉？”兰斯似乎被逗乐了，“哪种黑画眉？你是指真的鸟儿还是黑奴贸易？”

尼尔警督忽然露出令人安心的笑容。

“我也不太确定，弗特斯科先生。只是有人提到黑画眉罢了。”

“老天，”兰斯洛特脸上突现警觉之色，“该不会是以前那个黑画眉矿山吧？”

尼尔警督厉声追问：“黑画眉矿山？那是什么？”

兰斯迷茫地皱起眉头。

“问题是，警督，我自己也记不太清了。我隐约有点印象，老爹从前做过一次有点可疑的生意，好像是在非洲西海岸。艾菲姨妈应该还当面教训过他一次，但具体情况我想不起来了。”

“艾菲姨妈？就是拉姆斯伯顿小姐？”

“是的。”

“我去问问她。”尼尔警督说完又懊恼地补上一句，“这位老太太相当吓人，弗特斯科先生。每次都让我特别紧张。”

兰斯大笑起来。

“是啊，艾菲姨妈脾气古怪，但只要你的方向正确，警督，她会帮助你的。特别是在你想回溯陈年旧事的时候。她记性特别好，各种各样的坏事她都乐意记得牢牢的。”他想了想又说，“还有一点，我刚回来那会儿，马上就上楼去看她，她说起了格拉迪丝，那个遇害的女仆。当然，那时我们还不知道她已经死了。但艾菲姨妈说她确定格拉迪丝知道某些事，却没告诉警察。”

“这一点应该可以确定，”尼尔警督说，“现在她永远无法开口了，可怜的女孩。”

“是啊。艾菲姨妈好像劝过她，要把知道的事都说出来。可惜她没听进去。”

尼尔警督点点头。他鼓足勇气闯进拉姆斯伯顿小姐的城堡，却惊讶地发现马普尔小姐也在。两位老太太正在热议国外的传教问题。

“我这就走，警督。”马普尔小姐匆忙起身。

“不用不用。”尼尔警督连忙说。

“我邀请马普尔小姐来家里住，”拉姆斯伯顿小姐说，“哪能白白给那可笑的高尔夫旅馆送钱。那里简直是邪恶奸商的老巢。整夜都在喝酒打牌。她应该到正经的基督教家庭来住。我隔壁就有个房间。上次住的是传教士玛丽·比德斯博士。”

“真是太客气了，”马普尔小姐说，“可我真的不该打扰正在办丧事的人家。”

“丧事？胡说。”拉姆斯伯顿小姐说，“这房子里有谁替雷克斯掉过眼泪？或者阿黛尔？你是在担心警察吗？警督，你有反对意见吗？”

“我没有，夫人。”

“你看看。”拉姆斯伯顿小姐说。

“太感谢了，”马普尔小姐感激地说，“我这就去打电话给旅馆取消预订。”她走出房间。拉姆斯伯顿小姐尖声问警督：

“好，你想问什么？”

“不知你能否告诉我关于黑画眉矿山的事，夫人。”

拉姆斯伯顿小姐突然发出一阵尖厉的笑声。

“哈，你查到那件事了！看来前两天我的暗示起了作用。好吧，你想知道什么？”

“请畅所欲言，夫人。”

“我能告诉你的不算多。那是很久以前了——噢，大概二十到二十五年前。东非某个地方的特许采矿权。我妹夫跟一个姓麦肯锡的人合作，他们去那里调研矿山，麦肯锡发高烧死了。雷克斯回来说那什么什么采矿权根本不值钱。我只知道这些。”

“我觉得你知道的比这要多一点点，夫人。”尼尔警督继续引导。

“其他就都是道听途说了。据我所知，传闻在法律上是站不住脚的。”

“现在又不是上法庭做证，夫人。”

“好吧，我也说不出什么。我只知道麦肯锡家的人大闹过一场。他们一口咬定麦肯锡上了雷克斯的当。这我倒相信。雷克斯精明得很，又没有道德底线，但我想他的所作所为肯定都合法。他们什么也无法证明。麦肯锡太太的脑子有点问题，她跑来威胁说要报仇，说雷克斯谋杀了她丈夫。简直愚蠢，还那么夸张，小题大做！我想她有点精神不正常——事实上，我记得没多久她就进了精神病院。她拖着两个吓得半死的孩子来嚷嚷，说要养大孩子，让他们报仇。大概就是这样。无聊透顶。哎，我能说的也就是这些了。告诉你，雷克斯这辈子干过的诈骗可不止黑画眉矿山这一件。你一查就能发现很多。你是怎么联想到黑画眉矿山的？难道你查到了什么跟麦肯锡家有关的线索？”

“夫人，你知不知道那家人后来的情况？”

“不清楚，”拉姆斯伯顿小姐说，“请注意，我并不认为雷克斯真的谋杀了麦肯锡，但有可能对他见死不救。在天主面前，这可以画等号，但在法律上就不同了。如果他真的那么干，现在就算遭报应了吧。所谓不是不报，时候未到——你还是走吧，我不会再说什么了，你再问也没用。”

“非常感谢你提供的资料。”尼尔警督说。

“让马普尔那女人回来，”拉姆斯伯顿小姐在他背后喊道，“她跟所有信英国国教的人一样，都挺轻浮的，但她懂得怎样合理地办慈善。”

尼尔警督打了两个电话，先联系“安塞尔－沃莱尔律师事务所”，然后是高尔夫旅馆。接着他召来海伊巡官，说他要暂时离开一阵。

“我要去拜访一家律师事务所——然后，如果有急事，可以去高尔夫旅馆找我。”

“知道了，长官。”

“尽可能查查黑画眉的事。”尼尔回头说。

“黑画眉，长官？”海伊巡官一头雾水地重复。

“我说的就是这个——不是黑莓酱——是黑画眉。”

“好的，长官。”海伊巡官不知所措地答应了。

第十七章

1

尼尔警督发现安塞尔先生是那种更容易受人恐吓，而非恐吓别人的律师。他的事务所规模很小，生意也不太好，他并不急于维护自己，倒是竭尽所能帮助警方。

是的，他说，他为已故的阿黛尔·弗特斯科太太立过一份遗嘱。她大约五周前来到他的事务所，他感觉有点奇怪，但当然没多嘴。做律师这一行，难免碰到千奇百怪的事情，警督自然能体谅他的顾虑，如此云云。警督点头表示理解。他已查证过，安塞尔先生此前从未替弗特斯科太太或是弗特斯科家的任何人处理过法律事务。

“可想而知，”安塞尔先生说，“她不愿为了这件事去找她丈夫的律师事务所。”

刨除各种冗长的表述，核心条款十分简明。阿黛尔·弗特斯科在遗嘱中表示，她去世时所拥有的财产，将全部赠予维维安·杜波瓦。

“但据我所知，属于她的财产并不多。”安塞尔先生向尼尔投来询问的目光。

尼尔警督点点头。阿黛尔·弗特斯科立遗嘱的时候，的确如此。但既然雷克斯·弗特斯科已死，阿黛尔·弗特斯科因此继承了十万英镑，那现在这十万英镑（还需扣除遗产税）就都属于维维安·爱德华·杜波瓦了。

2

尼尔警督来到高尔夫旅馆，发现维维安·杜波瓦正紧张地等着他。杜波瓦本打算离开，行李都已收拾好，却被尼尔警督一通电话客客气气地拦了下来。尼尔警督的口气虽然很有礼貌又饱含歉意，但在那些客套话背后，却带着命令式的意味。维维安·杜波瓦稍稍提出了异议，但也没有坚持。

这时他说：

“尼尔警督，你应该了解，我再留下来就不太方便了。我真的有很紧急的工作要去处理。”

“没想到你还有工作啊，杜波瓦先生。”尼尔警督和颜悦色地说。

“这年头，哪有人能像表面看上去那么悠闲呢。”

“弗特斯科太太的死一定令你深受打击，杜波瓦先生。你们是好朋友，对吧？”

“是的，”杜波瓦说，“她真是一位迷人的女性。我们经常一起打高尔夫球。”

“你一定非常怀念她。”

“是啊，没错，”杜波瓦叹道，“整件事真的太可怕了。”

“据了解，她去世那天下午，你给她打过电话？”

“有吗？我真的不记得了。”

“应该是四点钟左右。”

“对，应该有。”

“难道你想不起你们的谈话内容了吗，杜波瓦先生？”

“没什么重要的。我问她心情怎样，她丈夫的案子有没有进一步的消息，只是寒暄几句而已。”

“明白了。”尼尔警督紧接着又问道，“然后你就出去散步了？”

“呃……对……对，我……我应该去了。最起码，也不算散步吧，我打了几洞高尔夫球。”

尼尔警督缓缓地说：

“不对吧，杜波瓦先生……不是那天……这里的门房看到你当时朝着‘紫杉小筑’的方向去了。”

杜波瓦与他四目相对，然后紧张地避开了他的视线。

“恐怕我记不清了，警督。”

“可能你确实去找过弗特斯科太太吧？”

杜波瓦猝然反驳：

“没有。不，我没去。我根本没接近他们家。”

“那你去了什么地方？”

“噢，我——我沿着马路走到‘三只鸽子’，然后回头，从高尔夫球场那边绕回来。”

“你确定没去过‘紫杉小筑’？”

“确实没去过，警督。”

警督摇着头。

“算了吧，杜波瓦先生，”他说，“还是跟我们坦白比较好。你去‘紫杉小筑’也不是没有正当理由的。”

“我都说了，那天我没去见弗特斯科太太。”

警督站起身。

“想清楚，杜波瓦先生，”他笑道，“我们还会找你录一份口供，建议你做证时请律师到场，这也是你的权利。”

杜波瓦先生的脸色由红转青，简直像生了一场大病。

“你是在威胁我，”他说，“你在威胁我。”

“不不，没那回事，”尼尔警督像是大吃一惊，“那种手段是警方不能采用的。恰恰相反，我是提醒你注意维护自己的权利。”

“告诉你，我跟这些事一点关系都没有！完全无关！”

“算了吧，杜波瓦先生，那天下午四点半左右，你就在‘紫杉小筑’。有人从窗口往外看，刚好看见了你。”

“我只去了花园，没进房子。”

“没有吗？”尼尔警督说，“你确定？你没从侧门进屋，溜到二楼弗特斯科太太的起居室？你是在书桌那里找什么东西吧？”

“看来都落到你手里了。”杜波瓦脸色阴沉，“所以阿黛尔这笨蛋把信留着，亏她还赌咒发誓说都烧掉了，但那些信的含义并不像你所想象的那样。”

“杜波瓦先生，你不否认你是弗特斯科太太的‘亲密朋友’吧？”

“当然不否认。信都被你拿走了，我还否认什么？我只想说，你们犯不着从里面挖掘什么邪恶的企图。一秒钟也别想，别以为我们……她……动过除掉雷克斯·弗特斯科的念头。老天在上，我可不是那种男人！”

“但也许她是那种女人呢？”

"胡说八道，"维维安 · 杜波瓦喊道，"她不是也被杀了吗？"

"噢，是的，是的。"

"好，杀她丈夫的人也杀了她，这不是很合理吗？"

"有可能，当然有可能。但还有其他解释。比如——（这仅仅是假设而已，杜波瓦先生）弗特斯科太太可能解决了她丈夫，在他死后，某人觉得她也变得危险起来。这个人或许并不是她的共犯，但至少怂恿过她，或者，怎么说呢，构成了她的犯罪动机。那么她对这个人而言就显得很危险了，你懂的。"

杜波瓦的舌头都快打结了："你不……不……不能诬陷我。你不能。"

"她立过遗嘱，这你知道，"尼尔警督说，"把所有钱都留给了你。她所拥有的一切。"

"我不想要钱，一分钱都不要。"

"当然，钱其实也不多，"尼尔警督说，"有珠宝和皮草，但现金少得可怜。"

杜波瓦瞪着他，几乎掉了下巴。

"可她丈夫不是还——"

他突然缄口不言。

"怎么，杜波瓦先生？"此刻尼尔警督的声音锐利如钢，"真有意思，看来你对雷克斯 · 弗特斯科的遗嘱内容相当了解。"

3

尼尔警督在高尔夫旅馆约见的第二个人是杰拉德 · 莱特先生。杰拉德 · 莱特先生身材瘦削，是位学识渊博的青年才俊。尼尔警督注意到，他的体形与维维安·杜波瓦倒有几分相似。

“有什么需要我效劳的，尼尔警督？”莱特问道。

“或许你能为我们提供一点点信息，莱特先生。”

“信息？真的？不太可能吧。”

“这与‘紫杉小筑’最近的变故有关。你应该都听说了吧？”

尼尔警督的语气微带讽刺。莱特先生则摆出一副居高临下的姿态。

“‘听说’这种表述并不准确。”他说，“报纸上铺天盖地都是这件事。媒体的残忍真让人难以置信！我们的时代究竟怎么了！一方面制造原子弹，另一方面，我们的报纸陶醉于报道血腥的谋杀！不过，你说有问题要问我，说真的，我想不出会是什么问题。我对‘紫杉小筑’的案件一无所知。雷克斯·弗特斯科被杀的时候，我正在‘男人岛’。”

“案发后你很快就赶来这里了，不是吗，莱特先生？应该是接到了伊莲·弗特斯科小姐的电报吧。”

“看来警察果然无所不知啊？没错，是伊莲叫我来的。我当然立刻就赶来了。”

“你们好像马上要结婚了？”

“完全正确，尼尔警督。希望你不会反对。”

“这是弗特斯科小姐的私事。听说你们交往有一段时间了？六七个月？”

“完全正确。”

“你和弗特斯科小姐订婚，但弗特斯科先生不仅不同意，而且还警告你，如果女儿的婚事不合他心意，他不会留给她任何财产。据我所知，你当场就解除了婚约，一走了之。”

杰拉德·莱特露出同情的笑容。

“说得太露骨了，尼尔警督。事实上，我是为我的政治立场才做出牺牲。雷克斯·弗特斯科是资本家中最最恶劣的那一类。我绝不能为了金钱而舍弃政治理想和信念。”

“但你并不介意迎娶一位刚刚继承了五万英镑的妻子？”

杰拉德·莱特微微一笑，十分满足。

“当然不介意，尼尔警督。这笔钱将投入社会公益事业。不过，你肯定不是来和我讨论我的经济状况——或者政治信仰吧？”

“不，莱特先生。我想和你聊聊一个简单的事实。你知道，阿黛尔·弗特斯科太太十一月五日下午死于氰化物中毒。鉴于那天下午你在‘紫杉小筑’附近，我想你有可能看到或听到某些与案情有关的线索。”

“你凭什么认定我当时就在所谓‘紫杉小筑附近’？”

“案发当天下午，你四点十五分离开这家旅馆，莱特先生。离开旅馆后，你沿路朝‘紫杉小筑’的方向走去，自然令人推断那里就是你的目的地。”

“我本来想去，”杰拉德·莱特说，“但后来又觉得去了也没什么意义。而且我和弗特斯科小姐——也就是伊莲——约好六点在旅馆见面。我沿着大路旁的一条小径散步，六点前回到高尔夫旅馆。伊莲没有如约前来。家里出了事，没来也很正常。”

“你去散步这件事，有目击者吗，莱特先生？”

“路上有几辆车从我身边开过。我没遇见认识的人，如果你指的是这个意思。那条小径跟马车道差不多，比较泥泞，不适合汽车通行。”

“所以，从你四点十五分离开旅馆，直到六点钟返回，这段时间内，只有你自己可以证明你的行踪？”

杰拉德·莱特依然保持着优越感十足的笑容。

“想必这对我们双方来说都是个烦恼，警督，但事实正是如此。”

尼尔警督轻声说：

“如果有人说他从楼梯间的窗户往外看，发现你四点三十五分左右身处‘紫杉小筑’的花园里——”他就此打住，没说完后半句。

杰拉德·莱特眉毛一扬，连连摇头。

“当时的能见度肯定很差，”他说，“我想任何人都很难看清楚。”

“有位维维安·杜波瓦先生也住在这里，你认识他吗？”

“杜波瓦？不，不认识。是不是那个高高的、黑黑的、喜欢穿小山羊皮鞋的男人？”

“对。那天下午他也出去散步了，而且他也从旅馆往‘紫杉小筑’的方向走。你没有在路上偶然看见他？”

“没有。没有，应该没看到。”

杰拉德·莱特第一次显出了些许忧虑。尼尔警督若有所思地说：

“那天下午的天气本来不太适合散步，特别是天快黑了，小径又那么泥泞。大家怎么都那么精力充沛？这可怪了。”

4

尼尔警督刚回到“紫杉小筑”，海伊巡官就兴冲冲迎上来。

“我帮你查到黑画眉的事了，长官。”

“真的？”

“真的，长官，是在一个馅饼里。为星期天晚餐预留的冷馅饼。有人在贮藏室之类的地方找到了那个馅饼，剥掉面皮，取出小牛肉和其他馅料，你猜他们放了什么东西进去？几只从园丁棚子那里拿来的死黑画眉，都发臭了。这招数真让人恶心，对吧？”

“‘这不就是献给国王的大餐吗？’”尼尔警督说。

海伊巡官在他身后瞪大了眼睛。

第十八章

1

“等一下，”拉姆斯伯顿小姐说，“这局牌快结束了。”

她将一张 K 和他的各路随从移到空着的一列，又将一张红 7 放到黑 8 上面，把黑桃 4、5、6 叠在基础堆上，迅速移了几张牌，然后往后一靠，发出满足的叹息。

“两张 J，”她说，“难得一见呀。”

她心满意足地靠着，抬眼看了看站在壁炉边的女孩。

“你就是兰斯的老婆啊？”她说。

奉命上楼来见拉姆斯伯顿小姐的帕特点了点头。

“是的。”她说。

“你很高，”拉姆斯伯顿小姐说，“看上去也很健康。”

“我身体很好。”

拉姆斯伯顿小姐点头表示满意。

“珀西瓦尔的老婆就不中用，”她说，“吃太多甜食，运动量又不够。好了，坐吧，孩子，坐下。你和我外甥是在什么地方认识的？”

“我跟几个朋友在肯尼亚的时候遇到了他。”

“听说你以前结过婚。”

“是的，两次。”

拉姆斯伯顿小姐深吸了一口气。

“是离婚了吧。”

“不，”帕特的声音有点发颤，“他们都——死了。我第一任丈夫是空军飞行员，在战争中牺牲了。”

“第二任呢？我相信——有人跟我说过。开枪自杀了，是吗？”

帕特点点头。

“是你的错？”

“不，”帕特说，“不是我的错。”

“他是赛马手？”

“是的。”

“我这辈子从没去过赛马场，”拉姆斯伯顿小姐说，“赌博和打牌——都是魔鬼的把戏！”

帕特没有搭话。

“我也不去剧院，不去电影院，”拉姆斯伯顿小姐说，“啊，算了，这年头的世界充满邪恶。光这座房子里就出了不少罪孽，但都被上帝击退了。”

帕特依然不知该说什么好。她怀疑兰斯的艾菲姨妈是不是有点不正常。但在老太太精明的目光审视之下，她觉得颇不自在。

“对于你嫁入的这个家庭，你了解多少？”艾菲姨妈质问道。

“应该就和一般人对夫家的了解差不多吧。”帕特回答。

“哼，说了等于没说。好，我来告诉你。我妹妹是个傻瓜，我妹夫是个恶棍，珀西瓦尔鬼鬼祟祟，至于你的兰斯，一直都是家里的不肖子孙。”

“我认为这些都不可信。”帕特坚定地说。

“或许你是对的，”出乎她的意料，拉姆斯伯顿小姐说，“不能随便给人贴标签。但你可别小看珀西瓦尔。大家都以为贴了老好人标签的就是笨蛋，可珀西瓦尔一点儿也不笨。他表面上装成圣人的样子，这一招真够聪明的。我从来都不喜欢他。告诉你吧，我既不信任也不认同兰斯，但我禁不住有点喜欢他……这家伙还算有种——向来如此。你得把他看好了，别让他太过分。告诉他别低估珀西瓦尔，孩子。叫他别相信珀西瓦尔说的每个字。这房子里的人全是骗子。”老太太又满意地补了一句：“地狱之火就是他们应有的归宿。”

2

尼尔警督刚结束与苏格兰场的电话。

在电话里，副局长说：

“我们已经开始巡查各地的私立疗养院，应该能查到你需要的信息。当然，她可能已经死了。”

“很有可能。毕竟过了这么久。”

旧罪阴影长。拉姆斯伯顿小姐说过，而且话里话外别有深意，似乎在向他暗示些什么。

“这种理论有点异想天开。”副局长说。

“我知道，长官。但我觉得我们不能置之不理。很多方面都符合。”

“是的，是的。黑麦，黑画眉死者的名字……”

尼尔说：“我也在关注其他线索。可能是杜波瓦，也可能是莱特，格拉迪丝可能在侧门外发现了他们中的一个——她可能把茶盘放在大厅，出去看看是谁、要干什么。无论是哪一个，都可以当场勒死她，把尸体拖到晾衣绳那边，再往她鼻子上夹一个晾衣夹子。”

“真是丧心病狂、丧尽天良！而且手段如此下作。”

“是的，长官，所以那位老太太对此非常生气——我是指马普尔小姐。那老太太人很好，而且很精明。她已经住进‘紫杉小筑’——为了接近拉姆斯伯顿小姐。我想她肯定能打探到一些新消息。”

“你下一步打算怎么办，尼尔？”

“我约了伦敦的律师见面，想再多了解一些雷克斯·弗特斯科的情况。虽然时隔已久，但我还想继续深入了解黑画眉矿山的事。”

3

比林斯利－霍斯索普－沃尔特斯律师事务所的比林斯利先生彬彬有礼，习惯将他的谨慎隐藏在热情的态度之下。这是尼尔警督第二次约谈他，这次比林斯利先生不像上次那么顾虑重重了，“紫杉小筑”的三桩命案动摇了比林斯利先生基于职业习惯的保留态度，现在他巴不得将所知的事实全部提供给警方。

“太离奇了，这整件事太离奇了，”他说，“我干这行这么些年，印象中从没碰到过这种情况。”

“坦白说，比林斯利先生，”尼尔警督说，“我们需要一切协助。”

“你可以完全信任我，长官，我会尽可能配合你们。”

“首先我想问，你对已故的弗特斯科先生了解多少？你对他公司的事务是否熟悉？”

“我跟雷克斯·弗特斯科很熟。这么说吧，我认识他差不多有，唔，十六年了。对了，他聘请的律师事务所并不只有我们这一家。”

尼尔警督点点头。这一点他知道。比林斯利－霍斯索普－沃尔特斯律师事务所可以算是雷克斯·弗特斯科用来处理正经事务的，至于其他不那么光彩的生意，他还委托了其他几家名声不那么好听的事务所。

“那么你想知道些什么呢？”比林斯利先生说，“关于他的遗嘱内容，我都告诉你了。除去几笔遗赠之外，剩余遗产继承人是珀西瓦尔·弗特斯科。”

“现在我对他遗孀的遗嘱感兴趣，”尼尔警督说，“弗特斯科先生死后，她可以继承十万英镑，对吧？”

比林斯利点点头。

“很大一笔钱，”他说，“不瞒你说，警督，公司恐怕付不起这笔钱。”

“所以公司的经营状况并不理想？”

“老实说，”比林斯利先生答道，“请务必保密——这一年半以来，公司已处于岌岌可危的状态。”

“有什么特殊原因吗？”

“啊，有，应该说问题出在雷克斯·弗特斯科本人身上。一年来，雷克斯·弗特斯科简直像个疯子，到处抛售优质股票，进行高风险投资，满嘴都是荒唐透顶的大话，又听不进别人的建议。珀西瓦尔——就是他儿子——来求我从我的角度劝劝他父亲。他自己试过了，但他父亲显然没理他。哎，我也尽力了，但弗特斯科一点道理都听不进去。

说真的，他像是彻底变了一个人。”

“但并不是一个消沉的人。”尼尔警督说。

“对，对，正相反，变得特别浮夸，好大喜功。”

尼尔警督点点头，进一步巩固了之前已经成型的念头。他渐渐掌握了珀西瓦尔和父亲产生摩擦的部分缘由。比林斯利先生又说：

“但问我他太太的遗嘱可没用。我没替她立过遗嘱。”

“嗯，这我知道，”尼尔说，“我只想求证一下，她有没有留下可供他人继承的遗产。简单说吧，十万英镑。”

比林斯利先生连连摇头。

“不，不，长官，你弄错了。”

“你是指她死后那十万英镑的权利就失效了？”

“不——不——钱是会彻底留给她没错，但遗嘱中对她继承这笔遗产还设定了前提条件。这么说吧，弗特斯科太太必须比丈夫多活一个月，才能获得继承权。应该说这种条款在这年头还是相当常见的，因为乘坐飞机的不确定因素很多。如果两人都在飞机失事中丧命，就很难判断谁先死亡，必然导致一系列棘手问题。”

尼尔警督瞪着他。

“所以阿黛尔·弗特斯科没有留下可供他人继承的十万英镑。那笔钱该怎么处理？”

“回归公司。准确说来，是落到弗特斯科先生的剩余遗产继承人手里。”

“而剩余遗产继承人是珀西瓦尔 ·弗特斯科先生。”

“没错，”比林斯利说，“由珀西瓦尔·弗特斯科继承。根据公司目前的状况，”他不小心说漏了嘴，“他正需要这笔钱！”

4

“是你们警察想知道的事。”尼尔警督的医生朋友说。

“行了，鲍勃，说吧。”

“嗯，幸好现在只有我们两个，你不能把我的话公布出去！不过，我得说你的想法完全正确。是麻痹性痴呆。他的家人有所怀疑，要他去看医生，他不肯。症状跟你的描述非常吻合。丧失判断力，妄自尊大，易激动、易暴怒，极度自负，产生不着边际的幻想——幻想自己是金融界的奇才。患这种病的人很快就能搞垮一家资信良好的公司，除非能够限制他，但这可不容易做到，特别是在他本人知道你想限制他的情况下。是的，应该说他的死对你的朋友而言真是一大幸事。”

“他们可不是我的朋友。”尼尔说。然后又重复了他曾经说过的那句话：

“他们都是很不讨人喜欢的家伙……”

第十九章

弗特斯科家族全员齐聚“紫杉小筑”的客厅。背靠壁炉架的珀西瓦尔·弗特斯科主持会议。

“家里一切都很顺利,”珀西瓦尔说,“但目前的整体形势让人不满。警察来来去去,什么都不向我们透露。他们好像朝着某个方向调查,而同时所有事情又原地踏步。我们没法制订任何计划,没法为将来做出安排。”

“太不近人情了,”詹妮弗说,“真蠢。”

“他们仍然禁止我们任何人离开这座房子,”珀西瓦尔继续说道,“不过,我们之间应该还是可以讨论一下将来的打算。你呢,伊莲?听说你要嫁给……他叫什么来着——杰拉德·莱特?具体时间想好了吗?”

“越快越好。”伊莲说。

珀西瓦尔皱起眉头。

“你是指六个月之内?”

"不，不是。何必等六个月？"

"那样会比较得体。"珀西瓦尔说。

"胡扯，"伊莲说，"一个月。我们最多只能等一个月。"

"好吧，由你决定。"珀西瓦尔说，"你们结婚后有计划吗？打算怎么过？"

"我们正准备办一所学校。"

珀西瓦尔摇摇头。

"现在办学校风险太大。帮佣人手短缺，要聘请到合适的教职员也有难度——说真的，伊莲，你们的想法听起来不错，但如果换作是我，还得再考虑考虑。"

"我们考虑过了。杰拉德认为这个国家的全部未来都维系于良好的教育。"

"后天我会去见比林斯利先生，"珀西瓦尔说，"有很多财务问题要跟他研究。他建议你用父亲留下的钱为你和你的孩子设立一笔信托基金。这年头这种方法相当实惠。"

"我不愿意，"伊莲说，"办学校需要启动资金。我们已经打听到一处很合适的待售房产，在康威尔。还得再好好加盖一下——建几座辅楼。"

"你的意思是——你是要从公司抽走你所有的份额？哎，伊莲，你这想法很不明智。"

"依我看，把钱抽走比留下来明智多了，"伊莲说，"现在到处都有公司倒闭。瓦尔，父亲去世前，你自己不也说公司的经营状况很糟糕吗？"

"谁还没几句牢骚呢，"珀西瓦尔含糊其词，"但我不得不说，伊莲，你抽走所有资金，砸进去买房子、添置设备、运营一所学校，实在太疯狂了。如果不成功，结果会怎样？到时候你一分钱都剩不下。”

“会成功的。”伊莲十分固执。

“我支持你，”躺在椅子里的兰斯鼓励道，“试试看呗，伊莲，我觉得那种学校肯定很古怪，但毕竟是你们——你和杰拉德的心愿。就算亏本，你至少也享受过为了梦想而努力的满足感。”

“谁都猜得到你会说这种话，兰斯。”珀西瓦尔讽刺道。

“我懂，我懂，”兰斯说，“我不就是个败家子儿嘛。但和你相比，我还是觉得我的人生乐趣要多得多，珀西老哥。”

“那就要看你怎么定义‘乐趣’了，”珀西瓦尔冷冷答道，“那就来聊聊你的计划，兰斯。估计你会回肯尼亚，或者加拿大，或者去爬圣母峰，又或者是其他什么异想天开的事？”

“你怎么会有这种念头？”兰斯说。

“呵呵，你从来都受不了在英国安稳过日子，不是吗？”

“人上了年纪，总会改变的，”兰斯说，“总该安定下来。知道吗，珀西老哥，我现在就盼着踏踏实实当个生意人呢。”

“你的意思是……”

“我是说，我要进公司帮你一把，老哥，”兰斯咧嘴一笑，“噢，你当然是大股东，你的股权占绝对优势嘛。我只是个微不足道的合伙人而已，但毕竟有我一份，这就给了我参与公司经营的权利，不是吗？”

“啊——是的——当然，照你这样说也没错。但我可以向你保证，老弟，你会感到非常非常无聊。”

“不见得吧。我不认为我会受不了。”

珀西瓦尔再次皱眉。

“兰斯，你该不会是认真地想进公司吧？”

“在公司插一手？对啊，我就是这个意思。”

珀西瓦尔摇摇头。

“公司的情况很不妙，你会发现的。如果伊莲坚持要抽走她那部分，我们勉强兑现之后，基本就没什么家底了。”

“伊莲，你看看，”兰斯说，“你坚持要在还能挤出钱的时候把钱卷走，真是聪明。”

“行了，兰斯，”珀西瓦尔怒斥，“你这些玩笑很低级。”

“兰斯，我看你说话还是慎重一点吧。”詹妮弗说。

帕特坐在窗边，离众人稍远一些。她看得出来，如果这就是兰斯故意激怒珀西瓦尔之举，那么他的目的已经达成。珀西瓦尔的冷漠被搅乱了，他再次怒气冲冲地追问：

“你是认真的吗，兰斯？”

“百分之百认真。”

“这行不通，你心里有数。你很快就会腻烦了。”

“不会。想想看，对我来说是多么美妙的转变啊。位于闹市的办公室，走来走去的打字员。我要找一名像葛罗斯文纳小姐那样的金发女秘书——她姓葛罗斯文纳没错吧？我猜你肯定要把她占为己有，不过我会找一个和她差不多的。‘好的，兰斯洛特先生；不，兰斯洛特先生。您的茶，兰斯洛特先生。’”

“够了，别胡闹！”珀西瓦尔斥道。

“何必这么生气呢，老哥？难道你不期待我来为你分忧？”

“你根本不了解现在公司混乱到什么程度。”

“是的，所以你得跟我好好分析一下。”

“首先，你要明白，这六个月来——不，更长，这一年来，父亲就像变了个人。他的财务安排愚蠢得令人难以置信。抛售优质股票，往各种高风险生意里砸钱，有时简直是一转眼就把钱白白丢出去了。简直可以说他在享受烧钱的快感。”

“其实他的茶里被人加了紫杉碱，对全家不失为一件好事。”兰斯说。

“这样说就太不堪入耳了，但确实是这么个意思。只有这样我们才幸免于破产。但接下来我们还是得非常非常谨慎，每一步都要走得非常小心。”

兰斯摇摇头。

“我不同意。谨慎对人从来都没好处。你必须冒点风险，主动出击。要干就大干一场。”

“我可不认同，”珀西说，“谨慎、节约是我们的座右铭。”

“却不是我的。”兰斯说。

“记住了，你只是小股东。”珀西瓦尔说。

“好吧，好吧，但我毕竟有那么一丁点发言权。”

珀西瓦尔焦虑地在房里来回踱步。

“这不行，兰斯。我喜欢你和这一切——”

“是吗？”兰斯打断他。珀西瓦尔好像没听见。

“……但我真的认为我们完全没法协作。我们的观点根本天差地别。”

“说不定这反而是好事。”兰斯说。

“唯一正确的选择，”珀西瓦尔说，“就是分拆股权。”

“你想买下我的股份——是这样吗？”

“老弟，这是最明智的办法，我们的想法差距太大了。”

“既然你连兑现伊莲那部分都有困难，又怎么有能力买下我这些股份呢？”

“唔，我指的不是现金，”珀西瓦尔说，“我们可以……呃……分一分其他的股份。”

“稳妥的那些归你，风险最高的那些归我，是吗？”

“那些不是正合你的胃口吗？”珀西瓦尔说。

兰斯突然咧嘴一笑。

“从某种程度上说，你是对的，珀西老哥。但我也不能完全纵容我的胃口啊，我还得替帕特着想呢。”

两个男人都望向她。帕特张了张嘴，又合上了。无论兰斯在玩什么把戏，她最好都别打岔。她确定兰斯别有用意，却拿不准他的真正目标是什么。

“都列出来吧，珀西，”兰斯笑道，“冒牌的钻石矿山，难以接近的红宝石矿脉，根本没油可采的油田开采权。你真以为我有表面上那么傻？”

珀西瓦尔答道：“当然，有的股权带有极高的投机性质，但你记住了，它们也可能变得价值连城。”

“口风怎么说变就变呢？”兰斯又咧咧嘴，“想把老爹前一阵弄来的那些投机生意丢给我，还有以前的黑画眉矿山之类？对了，警督有没有找你问过黑画眉矿山的事？”

珀西瓦尔皱皱眉。

“有，问过了。我想不出他要查什么。我能提供给他的资料也不多。那时候你我年纪都还小。我只隐约记得父亲从那里回来的时候，说情况不太好。”

“那里究竟有什么——金矿吗？”

“应该是吧。父亲回来时很笃定地说那里肯定没有金子。别忘了，以前他可不是会犯错误的人。”

“是谁拉他去的？一个姓麦肯锡的人对吧？”

“对，麦肯锡死在那里了。”

“麦肯锡死在那里，”兰斯若有所思地说，“后来事情不是还闹大了？我有点印象……是麦肯锡太太吧？跑来我们家，对着老爹大吵大闹，还诅咒他不得好死。如果我没记错的话，她指控老爹谋杀了她丈夫。”

“说实话，”珀西瓦尔压制住情绪，“这种事我想不起来了。”

“但我还记得呢，”兰斯说，“当然，我比你年纪小很多，所以当时才印象深刻吧。对一个孩子而言，那场面简直是一出好戏。黑画眉矿山在什么地方？是西非吗？”

“应该是吧。”

“等我去了公司，”兰斯说，“我要调查一下采矿权的问题。”

“你放一百个心，父亲不会搞错的，”珀西瓦尔说，“既然他回来说那里没有金子，就肯定没有。”

“多半是这样。”兰斯说，“可怜的麦肯锡太太，不知她和她带着的那两个孩子后来怎么样了。有意思——现在他们应该都成年了吧。”

第二十章

尼尔警督坐在私立松林疗养院的会客室里，对面是一位灰发的老妇人。海伦·麦肯锡已经六十三岁了，虽然看上去要年轻些。她的眼珠呈浅蓝色，目光空荡荡的，单薄的下颌显出她的茫然。她的上唇较长，时而抽动一两下。跟尼尔警督谈话时，她一直低头看着摊在腿上的一本大书。尼尔警督回想起刚才和院长克罗斯比医生的交谈。

“她是自愿入院的，”克罗斯比医生说，“并没确诊她有精神病。”

“所以她不具备危险性？”

“噢，对。大多数时候她的谈吐和你我一样正常。现在她的情况不错，你可以按对待普通人的方式跟她讲话。”

尼尔警督记住这一点，便开始切入正题。

“感谢你肯见我，夫人，”他说，“我姓尼尔。我来找你是为了最近刚死去的一位弗特斯科先生。雷克斯·弗特斯科先生。你应该知道这个名字。”

麦肯锡太太仍注视着书本。她说：

“我不知道你在说什么。”

“是弗特斯科先生，夫人。雷克斯·弗特斯科先生。”

“不，”麦肯锡太太说，“不，根本不知道。”

尼尔警督稍有些吃惊。他拿不准这是不是克罗斯比医生所谓的“完全正常”。

“麦肯锡太太，你应该在很多年以前就认识他了。”

“不对，”麦肯锡太太说，“是昨天。”

“明白了，”尼尔警督又跌回他惯常的犹豫之中，“据我所知，多年前你曾去他的住处‘紫杉小筑’拜访过他。”

“那是一座豪宅。”麦肯锡太太说。

“是的，没错，可以这么说。我了解到，他和你丈夫曾经在非洲合伙开发一处矿产。好像名叫‘黑画眉矿山’。”

“我要看书，”麦肯锡太太说，“时间不多了，我要看书。”

“好的，夫人。好的，我明白。”尼尔警督略一停顿，又说，“麦肯锡先生和弗特斯科先生一起去非洲勘察矿山。”

“那是我丈夫的矿山，”麦肯锡太太说，“是他发现的，还申请了采矿权。他需要一笔钱去投资，就去找雷克斯·弗特斯科。如果我当时聪明一点，如果我了解得更多一点，就不会让他那么做。”

“是的，我明白。他们一起去了非洲，然后你丈夫发高烧死在那里。”

“我得看书了。”麦肯锡太太说。

“你是否认为弗特斯科先生在黑画眉矿山的事情上蒙骗了你丈夫，麦肯锡太太？”

麦肯锡太太的视线没有离开书本：

“你真够笨的。”

“是的，是的，我敢说……但请你理解，相隔这么长时间，要调查多年前就结束的事件，难度相当大。”

“谁说这事结束了？”

“我明白。你认为还没有结束？”

“只有公正地解决问题，才算真正解决问题。这是吉卜林说的。吉卜林的书现在没人读了，但他依然伟大。”

“你认为现在问题是否得到公正解决了呢？”

“雷克斯·弗特斯科死了，不是吗？这可是你说的。”

“他是被毒死的。”尼尔警督答道。

麦肯锡太太大笑起来，令人颇为不安。

“胡说八道，”她说，“他是发高烧死的。”

“我说的是雷克斯·弗特斯科先生。”

“我也是。”她突然抬头，浅蓝色的眼珠牢牢盯住他，“你说，”她问道，“他是死在自己床上，对不对？他死在自己床上？”

“他死在圣裘德医院。”尼尔警督说。

“没人知道我丈夫死在哪里，”麦肯锡太太说，“没人知道他是怎么死的、葬在什么地方……大家只知道雷克斯·弗特斯科说的那些。而雷克斯·弗特斯科是个骗子！”

“你觉得其中可能存在犯罪行为？”

“难道不是吗？”

“你认为雷克斯·弗特斯科应该对你丈夫的死亡负责？”

“今天早晨我吃了一个蛋，很新鲜，”麦肯锡太太说，“很奇怪，三十年前的事情想起来怎么也这么新鲜呢？”

尼尔深吸一口气。看来这次他将一无所获了，但他没有放弃。

“雷克斯·弗特斯科死前一两个月，有人在他的书桌上放了几只死掉的黑画眉。”

“有意思，非常非常有意思。”

“夫人，你知不知道谁会这么做？”

“空想毫无用处，必须付诸行动。我把他们抚养长大，就是为了让他们付诸行动。”

“你说的是你的孩子们？”

她迅速点头。

“对。唐纳德和露比。他们失去父亲的时候一个九岁，一个七岁。我叮嘱他们。我天天都叮嘱他们。我夜夜都让他们发誓。”

尼尔警督倾身向前。

“你让他们发誓做什么？”

“当然是发誓杀了他。”

“我明白了。”

尼尔警督仿佛说出了全世界最合理的一句话。

“他们照办了吗？”

“唐纳德去了敦刻尔克，再也没回来。他们给我拍了封电报，说他死了：‘在战役中牺牲，深表哀悼。’战役，你看看，才不是我说的那种战役。”

“请节哀，夫人。你的女儿呢？”

“我没有女儿。”麦肯锡太太答道。

“你刚刚还提过她，”尼尔说，“你的女儿，露比。”

“露比，是的，露比。”她倾身向前，“你知道我对露比做了什么？”

“不知道，夫人。你对露比做了什么？”

她突然压低嗓门：

“看这本书。”

他这才发现放在她腿上的是一本《圣经》，一本很旧的《圣经》。她翻开书，尼尔警督发现标题页上写了很多名字。这显然是一本家族承传的《圣经》，根据古老的习俗，要在上面记载家族中每个新生儿的名字。麦肯锡太太瘦削的食指指向最后两个名字：“唐纳德·麦肯锡”和他的出生日期，以及“露比·麦肯锡”和她的出生日期。但露比·麦肯锡的名字上画了一道粗线。

“看见了吧？”麦肯锡太太说，“我把她除名了。我跟她永久断绝关系！记录天使再也找不到她的名字了。”

“你把她除名了？为什么，夫人？”

麦肯锡太太狡黠地盯着他。

“你知道为什么。”

“我不知道。真的，夫人，我不知道。”

“她没有遵守誓言。你懂的，她没有遵守誓言。”

“你的女儿现在在什么地方，夫人？”

“我告诉你了，我没有女儿。世界上再也没有露比·麦肯锡这个人。”

“你是说她已经死了？”

“死了？”女人突然大笑，“如果她死了才好，好多了，好得太多太多了。”她叹着气，不安地在椅子里挪动身体。随后，她的态度却变得十分礼貌，说道：“对不起，恐怕不能再和你聊下去。时间很仓促，我得读书了。”

麦肯锡太太不再理会尼尔警督的追问。她只是做了个表示不耐烦的手势，继续读她的《圣经》，食指沿着所读的字行往下划动。

尼尔起身离开。他找疗养院的主管简单谈了谈。

“有亲戚来看过她吗？”他问，“比如她女儿？”

“之前那位主管在任的时候好像她有个女儿来过，但病人因此情绪激动，所以他建议她不要再来比较好。自那以后，一切都由律师安排。”

“你也不知道这位露比·麦肯锡现在在哪里？”

主管摇摇头。

“完全不知道。”

“比如说，你也不知道她是不是结婚了？”

“不知道。我只能向你提供和我们接洽的律师的联系地址。”

尼尔警督此前已走访过那些律师。他们也无可奉告，至少口头表示无可奉告。有人为麦肯锡太太设立了一项信托基金，由他们负责管理。这些事几年前都已安排妥当，后来他们就没见过麦肯锡小姐。

尼尔警督试图获取关于露比·麦肯锡的相貌描述，但结果并不乐观。来探病的亲友很多，时隔多年，给人留下的印象都很模糊，而且各人的外貌还常被混淆到一起。在疗养院工作多年的护士长似乎记得麦肯锡小姐身材娇小、黑头发，而另一名同样资深的护士则表示她体形较胖、一头金发。

“情况就是这样，长官，”尼尔警督向副局长汇报，“案情的布局如此疯狂，却又符合模式，这其中一定有某种含义。”

副局长若有所思地点点头。

“由馅饼里的黑画眉可以联想到黑画眉矿山，死者衣袋里的黑麦、阿黛尔·弗特斯科喝茶时配的面包和蜂蜜（这一点暂时存疑，毕竟任何人喝茶时都有可能配面包和蜂蜜）——还有第三起谋杀，那女孩被人用长袜勒死，鼻子上夹了一个晾衣夹子。是的，布局疯狂到这种地步，绝不能忽视。”

“等一下，长官。”尼尔警督说。

“怎么了？”

尼尔眉头紧锁。

“哎，你刚才说的话。有点不太对劲。什么地方出错了。”他摇头叹道，“不，我一时捕捉不到。”

第二十一章

1

兰斯和帕特在“紫杉小筑”周围精致的园林中漫步。

“兰斯，如果我说这是我进过的最糟糕的花园，”帕特低声说，“会不会很伤你的感情？”

“不会，”兰斯说，“这里很差劲吗？我真不觉得啊。好像有三个园丁勤勤恳恳地养护呢。”

帕特说：“也许这就是问题所在。花了大把大把的钱，却看不出任何个人品味。这些杜鹃花和各种苗圃应该都是按季节准时栽种的吧。”

“帕特，如果你拥有一座英式花园，你会种点什么？”

“我的花园嘛，”帕特答道，“会种蜀葵、燕草和风铃草，不要那样的苗圃，也不要可怕的紫杉。”

她瞥了一眼幽暗的紫杉树篱，神情十分不屑。

“会引起各种联想。”兰斯轻松地说。

“下毒的人身上一定有些恐怖的特征，”帕特说，“我是指，他的心思一定令人毛骨悚然，充满了复仇的渴望。”

“这是你的看法？有意思！我倒觉得那家伙精于算计、残忍无情。”

“也可以这么看吧。”帕特微微发抖，“总之，连续三起谋杀……无论凶手是谁，都肯定发疯了。”

“是啊，”兰斯低声答道，“我想也是。”随即他突然说：“老天在上，帕特，快离开这里，回伦敦去。去德文郡，或者去湖区。去埃文河畔的斯特拉福德，或者去看看诺福克郡的湿地。警方不会阻拦你——你跟这些事没有关系。老头子遇害时你在巴黎，另外两个人死的时候你在伦敦。告诉你吧，你在这儿让我担心得要命。”

帕特过了一会儿才平静地说：

“你知道凶手是谁，对吗？”

“不，我不知道。”

“但你认为你知道……所以你才替我担心……你还是告诉我吧。”

“我没法告诉你，我什么都不知道。但我祈求上帝让你离开这儿。”

“亲爱的，”帕特说，“我不会走，我要留下。无论结果好坏。我是真心的。”她的声音忽然有些哽咽，“我真是个灾星。”

“你到底在说什么啊，帕特？”

“我总会带来厄运。是真的。无论谁跟我牵扯上关系，都会被厄运缠身。”

“亲爱的小傻瓜，你可没给我招什么厄运。你看看，我刚娶了你，老头子就让我回家，跟我修复关系。”

“没错，可你一回到家，都发生了什么？告诉你，我走到哪儿，哪儿的人就倒霉。”

“听我说，宝贝，你想太多了，这是迷信，就这么简单。”

“我没法不这么想。有的人就代表着厄运。我就是这种人。”

兰斯紧握她的双肩，使劲摇晃几下。“你是属于我的，帕特，娶到你是全世界最幸运的事。所以别再胡思乱想。”他平静下来，又以更严肃的语气说，“不过，说真的，帕特，千万小心。如果这里有人丧心病狂，我不希望挨枪子儿或者喝下毒茄汁的人是你。”

“你说喝毒茄汁？”

“如果我不在家，你跟着那老太太就好。她姓什么来着？马普尔。你觉得艾菲姨妈为什么让她住进来？”

“艾菲姨妈的心思谁猜得透。兰斯，我们还要在这里待多久？”

兰斯耸耸肩：“难说。”

“我觉得我们其实不受欢迎。”帕特有些犹豫，“现在你哥哥才是一家之主吧？他其实不乐意让我们留下？”

兰斯忽然咯咯直笑。

“那是当然，但现在他怎么着也得忍一忍。”

“以后呢？以后我们怎么办，兰斯？是回东非去，还是？”

“你想回去吗，帕特？”

帕特急忙点头。

“那就好，”兰斯说，“因为我也想。我对这个国家的现状不太认同。”

帕特满脸放光。

“太好了。听你那天的话，我真怕你想留下来。”

兰斯眼中闪出邪恶的光芒。

“对于我们的计划，千万要保密，帕特。”他说，“我想给亲爱的珀西瓦尔大哥一点颜色看看。”

“噢，兰斯，一定要小心啊。”

“我会小心的，宝贝，但我看不惯珀西老哥，他凭什么就该独占这一切。”

2

马普尔小姐坐在客厅里听珀西瓦尔·弗特斯科太太讲话，脑袋朝一侧微微倾斜，像一只温驯的凤头鹦鹉。在这客厅里，马普尔小姐显得相当格格不入，她瘦小的身躯与宽大的沙发和摆在身旁那些五颜六色的靠垫颇不相称。马普尔小姐坐得笔直，因为她在少女时期曾学着用过防止驼背的靠背板。她身旁一张大扶手椅中，身着一袭精致黑衣的珀西瓦尔太太正唠唠叨叨说个没完。跟银行经理埃梅特的太太真是太像了，马普尔小姐心想。她记得有一天埃梅特太太登门拜访，讨论烈士纪念日的义卖活动事宜，在基本谈妥正事之后，埃梅特太太突然滔滔不绝地打开了话匣子。埃梅特太太在圣玛丽米德村的处境很艰难，教堂周围那些大宅里的太太们组成的社交圈子不太看得起她，那些人虽然本身未必出身郡中望族，但对豪门世家的谱系传承摸得很清楚。银行经理埃梅特先生娶的妻子显然比他出身更低，结果埃梅特太太面临极为孤独的处境，因为她当然也不会和那些商人的太太走得太近。可怕的势利眼使得埃梅特太太被放逐到永恒的孤独之岛。

埃梅特太太的倾诉欲望与日俱增，终于在那一天洪水决堤，朝马普尔小姐奔涌而来。当时她十分同情埃梅特太太，而今天，她也深深同情珀西瓦尔·弗特斯科太太。

珀西瓦尔太太得以向一个几乎完全陌生的人倒出一肚子苦水，顿时如释重负。

“当然，我从来不想抱怨，”珀西瓦尔太太说，“我不是那种爱发牢骚的人。我经常说，做人就得忍耐。没办法改变的事情就只能忍，而且我从不跟别人说什么。真不知道我能跟谁说。从某种程度上说，一个人在这里非常孤单——非常孤单。当然，在这房子里有自己的套间是挺方便的，也省了很多钱。可这和有自己的家自然不一样。你一定也同意吧。”

马普尔小姐表示深有同感。

“幸好我们的新房子差不多准备好了，可以搬进去。只剩找人油漆和装修的问题而已。这些人动作真慢。我丈夫当然乐意住在这里，但男人不一样啊。你说是不是？”

马普尔小姐也表示对男人来说很不一样。这并非她的违心之言，因为她确实认同这一点。在马普尔小姐看来，“绅士们”与女人截然不同：他们要求早餐有两个鸡蛋配熏肉，一日三餐务求丰盛，饭前不能有人跟他们顶嘴争论。珀西瓦尔太太又说：

“我丈夫总是天天待在城里，回到家已经累坏了，只想坐下来读读书。而我正相反，天天孤零零守在这儿，连个趣味相投的人都没有。我的生活相当舒适，天天享受美食，可我觉得一个人需要的是社交圈子。我跟这里的人都不太合得来。有些人是那种浮夸的所谓桥牌高手——我指的可不是正经的桥牌。我自己也喜欢打桥牌，但这里的人都很有趣，他们爱下很高的注，还灌很多酒。其实那种生活就是所谓的醉生梦死吧。当然还有一小部分人——只能叫他们‘老猫’，就爱拿着泥铲到处摆弄花草什么的。”

马普尔小姐略显心虚，因为她自己就是园艺爱好者。

“我不想说死人的坏话，”珀西瓦尔太太语速很快，“但是我公公弗特斯科先生，他的再婚无疑太愚蠢了。我的——我没法喊她婆婆，她跟我年龄差不多。说真的，她想男人想疯了，彻底疯了。还有，她那么会花钱！我公公在她面前就是个蠢货，根本不在乎她有多少开销。这让珀西非常烦恼，非常非常烦恼。珀西在钱的问题上一向很小心，他讨厌浪费。后来弗特斯科先生变得很古怪，脾气特别差，动不动就大发雷霆，花钱如流水，还搞一些可疑的投机生意。哎——真是太不像样。”

马普尔小姐鼓起勇气插了一句话：

“这肯定也让你丈夫很担心吧？”

“噢，是啊，这一年来珀西简直操碎了心。他真的改变了很多，就连对我的态度也变了。有时我跟他说话，他理都不理我。”珀西瓦尔太太叹道，“还有伊莲，我的小姑子，哎，这女孩也太古怪了，天天在外面跑。其实她态度还挺好的，就是没多少同情心。她从来都不爱去伦敦购物，或者去听音乐会之类，甚至对衣服都不感兴趣。”珀西瓦尔太太又叹了口气，低声说，“当然，我不想发牢骚。”她有些后悔，连忙说，“你一定很奇怪吧，我们又不熟，我却跟你说了这么多。但说真的，我最近压力太大，又受了惊吓——最主要的还是惊吓。我想想就后怕啊。我特别紧张，哎，真的……哎，我真的得找人谈谈。你让我想起一位可亲的老太太，崔福西丝·詹姆斯小姐。她七十五岁时摔伤了大腿骨。我照看了她很长一段时间，成了好朋友。我走的时候，她送给我一件狐皮斗篷，真是个好人。”

“我理解你的心情。”马普尔小姐说。

这又是实话。珀西瓦尔太太的丈夫显然对她十分厌烦，不怎么关心她，这可怜的女人在当地又交不到朋友。她去伦敦购物、看戏，住着豪宅，但这一切并不足以弥补夫家冷漠的人际关系对她的伤害。

“恕我说句不好听的，”马普尔小姐以老太太那种柔和的口吻说道，

“我觉得已故的弗特斯科先生这个人不太好。”

“确实，”死者的儿媳说，“不瞒你说，那老头可恶得很。如果有人想除掉他，我一点也不奇怪，真的不奇怪。”

“你应该不知道究竟是谁——”马普尔小姐突然停住，“老天，这问题我真不该问。你应该不知道谁……谁……唔，谁会是凶手？”

“噢，我觉得是那个可怕的克朗普，”珀西瓦尔太太答道，“我一直都很不喜欢他。他那种态度，虽然不算粗鲁，但非常无礼。准确地说是没规矩。”

“但总该有动机吧。”

“我真的不清楚那种人还需要什么动机。我敢说弗特斯科先生不知为了什么责骂过他，我还怀疑他有时候酗酒。我真的感觉他有点不正常，你懂的，就跟那个开枪打死一大家子人的马夫还是仆役长差不多。当然，老实说，我之前怀疑是阿黛尔毒死了弗特斯科先生。可现在她自己也被毒死，嫌疑自然就排除了。她可能指控过克朗普，然后他昏了头，可能在三明治里下了毒，结果被格拉迪丝撞见，他就连她也杀了——留他在这幢房子里实在太危险。天哪，我巴不得赶紧离开，但那些吓人的警察肯定不会放走任何人。”她激动地倾身向前，胖胖的手掌按住马普尔小姐的手臂，“有时候我觉得自己非走不可——如果这些事还不能了结——我真的会逃走。”

她往后靠去，审视着马普尔小姐的脸。

“但这可能不太明智吧？”

“对。这可不是什么好办法，警察很快就会找到你。”

“会吗？真的？他们真有那么聪明？”

“千万不要低估警察的能力。我看尼尔警督就很有头脑。”

“哦！我还以为他很笨呢。”

马普尔小姐摇摇头。

“我总觉得——”詹妮弗·弗特斯科犹疑着，“留在这里很危险。”

“你是指你自己面临危险？”

“是……唔，是的。”

“因为你……知道一些情况？”

珀西瓦尔太太似乎屏住了呼吸。

“噢，不，当然不知道。我能知道什么？只是——我只是太紧张了。克朗普那家伙——”

然而马普尔小姐心想，珀西瓦尔·弗特斯科太太关注的并不是克朗普，看她那时而攥紧时而松开的双手就知道。不知出于什么原因，詹妮弗·弗特斯科的确处在极度的恐惧之中。

第二十二章

天色渐暗，马普尔小姐拿着手里正在织的毛衣走到书房窗前。她从玻璃窗往外望去，只见帕特·弗特斯科在外头的露台上来回踱步。马普尔小姐开窗喊道：

“进来，孩子，快进来。外头又冷又潮，你没穿大衣。”

帕特答应了。她走进来关好窗户，开了两盏灯。

“是啊，”她说，“下午天气不太好。”她坐到马普尔小姐身旁的沙发上，“你在织什么？”

“噢，一件小毛衣而已，给小宝宝的。我常说年轻的妈妈多给宝宝备几件毛衣准没错。这是二号的，我一般都织二号。宝宝长得快，一号很快就穿不下。”

帕特把长腿伸到壁炉边。

“今天窝在这里挺舒服，”她说，“有炉火，有灯光，有你为宝宝织毛衣，一切都那么温馨，那么舒适，英格兰就该是这个样子。”

“英格兰本来就是这样啊，”马普尔小姐说，“并没有那么多‘紫杉小筑’，孩子。”

“那是件好事，”帕特说，“我不相信这座房子从前能有多少欢乐。我不相信住在这里的人会拥有幸福，虽然他们可以随便花钱、应有尽有。”

“对，”马普尔小姐说，“这里恐怕一直都缺少幸福。”

“阿黛尔也许曾经快乐过，”帕特说，“当然，我没见过她，所以不知道。但詹妮弗过得很惨，伊莲则把心全掏给那个男人——而在内心深处，她可能已经发觉，他其实并不爱她。噢，我真想离开这里！”她看着马普尔小姐，突然笑道，“知道吗，兰斯让我尽量待在你旁边。他似乎认为这样我才安全。”

“你丈夫可不笨。”马普尔小姐说。

“对，兰斯一点也不笨。虽然他在某些方面有点冒傻气。不过，我真希望他能告诉我他究竟在害怕什么。有一点似乎很明显：这房子里有人发疯了，疯子让人害怕，因为你不知道他们的脑子是怎么运转的，也不知道他们下一步会干什么。”

“可怜的孩子。”马普尔小姐说。

“噢，我没事，真的。现在的我应该足够坚强了。”

马普尔小姐柔声问道：

“你经历过许多不幸，对吗，孩子？”

“噢，也有过幸福的时光。我的童年在爱尔兰度过，无忧无虑。骑马、打猎，房子又大又空，通风很好，洒满阳光。如果你拥有快乐的童年，谁都夺不走，对吧？但后来——我长大以后——好像总会出问题。应该是从战争开始的吧。”

“你前夫是空军飞行员，对吗？”

“是的。唐的飞机被击落时，我们刚结婚一个月。”她凝望着炉火，

“起先我也想去死，一切都是那么不公平，那么残忍。然而，最后，我开始觉得那样也许最好。唐在战场上表现卓越，勇猛无畏，充满活力。他具备战争所需要的所有特质。不知怎的，我感觉他不适合和平年代。他有种——喔，怎么说呢——傲慢的叛逆。他不会安安稳稳地融入环境，他需要可以与之对抗的目标。他——有那么点反社会的倾向。对，他不会融入环境的。”

“能看出这一点，你很聪明，孩子。”马普尔小姐低头看看手里的毛线，挑起一针，轻声计算着，“三平针，两倒针，跳一针，织一起。”然后才说：“孩子，你的第二任丈夫呢？”

“弗莱迪？弗莱迪开枪自杀了。”

“老天，太可怕了，真是一场悲剧。”

“我们在一起很幸福，”帕特说，“但结婚两年后，我开始慢慢发现弗莱迪……有事瞒着我。我渐渐发现背后的一些问题，但看上去这并没有对我们产生多少影响。因为弗莱迪爱我，我也爱他。我尽量不去追究真相。也许我很懦弱吧，但我不可能改变他。你知道，要改变一个人是不可能的。”

“嗯，”马普尔小姐说，“你不可能改变别人。”

“我所接受的、所爱的、所嫁的就是那样的他，我觉得我不得不……容忍这一切。后来情况越来越糟，他无法面对现实，开枪自杀了。他死后，我去了肯尼亚，和几个朋友一起住。我无法继续留在英国，继续面对所有——所有知情的人。我在肯尼亚认识了兰斯。”她的表情变得柔和了，目光仍凝望着炉火，马普尔小姐看着她。帕特转过头说：“告诉我，马普尔小姐，你对珀西瓦尔怎么看？”

“唔，我很少看见他，一般都是吃早餐的时候，仅此而已。他应该不太喜欢我住在这里。”

帕特突然笑了。

“哎，他很小气。在钱的问题上吝啬得要命。兰斯说他一贯如此。詹妮弗也抱怨过这一点。多芙小姐的管家账目他都要核查，每一条都挑毛病。但多芙小姐也没那么好欺负。她真是了不起的人，不是吗？”

“对啊，真的。她让我想起我那圣玛丽米德村的拉蒂默太太。她管理妇女志愿服务队和女童子军，几乎什么都管。结果过了五年我们才发现——喔，我不该说闲话。有人跟你唠叨些你没见过也不了解的地方和人物，实在太无聊了。请原谅，孩子。”

“圣玛丽米德村是美好的村庄吗？”

“啊，我不知道你所谓的‘美好的村庄’是指什么，孩子。那个村庄很漂亮，村里住着一些好人，也有些很不讨人喜欢的人。村里出过许多奇奇怪怪的事，和其他村子一样。不论在什么地方，人性总是相似的，不是吗？”

“你经常上楼去见拉姆斯伯顿小姐，是吗？”帕特说，“她真把我吓坏了。”

“吓坏你？为什么？”

“我觉得她有点疯疯癫癫的，对宗教极其狂热。你说她该不会——真的——发疯了吧？”

“怎样算是‘发疯’呢？”

“噢，你懂我的意思，马普尔小姐。她整天坐在那儿，从不出门，脑子里全是和罪恶有关的东西。哎，也许到头来，她会把执行判决作为毕生的使命。”

“这是你丈夫的看法？”

“我不清楚兰斯怎么想。他不会告诉我的。但有件事我能确定，他坚信凶手是个疯子，而且是家里人。哎，我看珀西瓦尔的精神很正常。

詹妮弗只是比较傻，很悲观，有点神经质，仅此而已。伊莲是那种古怪、躁动、紧张的女孩，无可救药地爱着她的男朋友，而且绝不承认他娶她纯粹是为了她的钱。”

“你觉得他是为了钱才娶她的？”

“是啊。难道你不这么看？”

“我能肯定。”马普尔小姐说，“就像我们村里的埃利斯，娶了铁器富商的女儿玛丽昂·贝茨。她是个资质平庸的女孩，对他特别着迷。不过，他们过得还不错。像埃利斯和杰拉德·莱特这种年轻人，如果只为爱情娶一个穷人家的女孩，会变得很讨人嫌。他们会生自己的气，然后迁怒于女方。但如果他们娶了富家女，反倒会一直捧着她们。”

“我看凶手不可能是外人，”帕特皱着眉头，“所以……所以这里才会是这种气氛。人人都互相提防。恐怕很快又要出事——”

“不会再死人了，”马普尔小姐说，“至少我是这么想的。”

“这哪儿说得准呢。”

“唔，事实上，我很有把握。因为凶手已经实现了他的目标。”

“他的？”

“噢，他的，或者她的。说‘他的’只是顺口而已。”

“你说他的或者她的目标，是什么目标？”

马普尔小姐摇摇头，她自己也不太确定。

第二十三章

1

索莫斯小姐又一次在打字室里沏好了茶，她用来冲茶叶的水又没有烧开。历史重演。格里菲斯小姐边接过茶杯边想：我真得跟珀西瓦尔先生谈谈索莫斯的事。我们完全可以做得更好。但现在出了这么可怕的事，他一定不喜欢被办公室的琐事打扰吧。

于是格里菲斯小姐像从前那样严厉地说：

“索莫斯，水又没烧开。”而满脸通红的索莫斯小姐也一如既往地答道：

“噢，天哪，我还以为这次肯定烧开了呢。”

例行的场面被兰斯·弗特斯科的到来打断了。他略显茫然地环顾四周，格里菲斯小姐跳起来迎上前去。

“兰斯先生。”她招呼道。

他转向她，露出微笑。

“你好。啊，是格里菲斯小姐。”

格里菲斯小姐欣喜不已。上次见面是十一年前了，他还记得她姓什么。她的声音有点困惑：

“没想到你还记得。”

兰斯的回答相当轻松，魅力尽显：

“我当然记得。”

兴奋的光晕在打字室里闪烁着。索莫斯小姐的沏茶问题瞬间就被遗忘了。她微张着嘴注视着兰斯。贝尔小姐从打字机上抬起头，目光热切。切斯小姐谦虚地拿出粉盒，往鼻子上扑了点粉。兰斯·弗特斯科四下观望一番。

“一切都还是当年的模样啊。”他说。

“没多少变化，兰斯先生。你这小麦色的皮肤看起来好健康啊！在国外的生活一定很有意思。”

“可以这么说吧，”兰斯答道，“但说不定我现在要尝试一下在伦敦生活的妙处。”

“你要回公司上班？”

“也许吧。”

“哦，太令人开心了。”

“你们会发现我对业务一窍不通，”兰斯说，“还得麻烦你多多指点，格里菲斯小姐。”

格里菲斯小姐笑得花枝乱颤。

“你能回来真是太好了，兰斯先生。真是太好了。”

兰斯向她送去欣赏的一瞥。

“你真会说话，”他说，“太会说话了。”

“我们一直不相信——大家都觉得应该不……”格里菲斯小姐停住

了，涨红了脸。

兰斯拍拍她的手臂。

“你们不相信魔鬼像画上的那么黑？嗯，也许不会。但那都是陈年往事，没必要重提。关键在于未来。”他又问：“我哥哥在吗？”

“应该在里面的办公室吧。”

兰斯轻松地点点头，往前走。通往里间办公室的小厅里有张办公桌，桌后坐着一个表情严肃的中年女子，她冷峻地问道：

“请问你的姓名？有什么事？”

兰斯不解地打量着她。

“你莫非就是——葛罗斯文纳小姐？”

之前他听说葛罗斯文纳小姐是位迷人的金发女郎。从报上关于雷克斯·弗特斯科案验尸庭审的新闻照片来看，这一点确属事实。眼前这人显然不可能是葛罗斯文纳小姐。

“葛罗斯文纳小姐上周离职了。我是哈德卡瑟尔太太，珀西瓦尔·弗特斯科先生的私人秘书。”

“果然是老珀西的风格，兰斯心想。辞掉金发美人，换一个丑八怪。为什么？安全起见，或是这位的薪水比较低？

“我是兰斯洛特·弗特斯科，你没见过我。”他轻快地说。

“噢，对不起，兰斯洛特先生，”哈德卡瑟尔太太道歉，“你应该是第一次到公司来吧？”

“是第一次，但不是最后一次。”兰斯笑道。

他穿过房间，推开从前父亲私人办公室的门。他惊讶地发现，坐在办公桌后的并不是珀西瓦尔，而是尼尔警督。尼尔警督正在分类整理一大堆文件，抬头看见他，便点头致意。

“早上好，弗特斯科先生。你是来履职的吧。”

“所以你听说我决定进公司了？”

“是你哥哥告诉我的。”

“他说的？热情洋溢地说？”

尼尔警督竭力掩饰笑意。

“没看出多热情。”他一本正经地回答。

“可怜的珀西。”兰斯说。

尼尔警督好奇地望着他。

“你真打算变成上班族？”

“你觉得这不可能吗，尼尔警督？”

“看上去不太合适呀，弗特斯科先生。”

“为什么？我毕竟是我父亲的儿子。”

“同时也是你母亲的儿子。”

兰斯摇摇头。

“你不懂，警督。母亲向往维多利亚时代的浪漫，她喜欢读丁尼生的《亚瑟王传奇》，你看看她给我们起的这些古怪名字就知道了[①]。她身体不好，我总觉得她与现实有些脱节。而我就不一样，我一点也不多愁善感，对浪漫几乎毫无感知，我是百分之百的现实主义者。”

“人们眼中的自己未必是真正的自己。”尼尔警督指出。

“嗯，我同意。”兰斯说。

他坐进一张椅子，以他独具个性的姿势伸展长腿，自顾自微笑着。随后，他出其不意地说：

“你比我哥哥更精明，警督。”

“在哪方面，弗特斯科先生？”

---

①兰斯洛特和珀西瓦尔。

“珀西瓦尔已经被我吓到了。他以为我准备投身都市生活，以为我要插手他那些事，以为我会开始花公司的钱，把他牵扯进投机生意。光是让他担惊受怕这种乐趣几乎就值得我好好享受一番了！我说的是‘几乎’，但这不会变成现实。我无法真正忍受上班族的生活。我喜欢野外的空气和冒险带来的可能性。待在这种地方我非憋死不可。”他马上又补了一句：“请注意，这些话要保密。别把我出卖给珀西，好吗？”

“我和他应该不会聊到这个问题，弗特斯科先生。”

“我得好好捉弄珀西一番，”兰斯说，“让他出点汗。我也该为自己捞一点回来吧。”

“这听起来有点怪，弗特斯科先生，”尼尔说，“捞一点——什么回来？”

兰斯耸耸肩。

“哦，都是陈年旧事，不值一提。”

“听说从前出过支票问题，你指的是那件事吗？”

“你怎么什么都知道，警督！”

“据我所知，最后并没有追究你的刑事责任，”尼尔说，“你父亲不同意。”

“嗯，他只是把我赶走了而已。”

尼尔警督审视着他，但心里琢磨的却不是兰斯·弗特斯科，而是珀西瓦尔。诚实、勤勉、节俭的珀西瓦尔。案子无论查到哪个方向，他似乎始终绕不开笼罩在珀西瓦尔·弗特斯科身上的谜团。人人都了解珀西瓦尔的外在，但要评估他的潜在性格却困难重重。仅从表面观察，他这个人缺乏个性，不显山不露水，始终居于父亲掌控之下。正如副局长所言，“一本正经的珀西”。现在，尼尔试图透过兰斯，更进一步地捕捉珀西瓦尔的个性。他低声试探道：

“你哥哥好像一直都很……唔，怎么说好呢……一直都在你父亲的控制之下。”

“我不确定。”兰斯似乎在认真考虑这个问题，“我不确定。没错，表面上他确实给人这种印象，但我不敢肯定真相是否如此。你知道吗，我回想往事，发现虽然表面上看不出来，但其实珀西总能按他的方式办事，这很让人吃惊。不知你是否明白我的意思。”

的确，尼尔警督心想，这很让人吃惊。他从面前的文件堆里翻出一封信，推到办公桌对面的兰斯面前。

“这封信是你八月时写的，对吗，弗特斯科先生？”

兰斯接过来看了一眼，又递还回去。

“对，”他说，“我夏天回肯尼亚之后写的。老爹还保存着是吧？放在哪儿——就在这间办公室里？”

“不，弗特斯科先生，是在‘紫杉小筑’找到的，在你父亲的文件里。”

警督将信展在办公桌上，仔细查看。信不算长。

老爹：

我和帕特商量好了，我接受你的提议。我得花点时间处理这边的事情，大约十月底或十一月初可以结束。到时我会通知你。希望我们能比过去相处得更融洽。总之，我会尽力的。不说了，多保重。

兰斯

“弗特斯科先生，这封信是寄到哪里的？公司还是‘紫杉小筑’？”

兰斯皱起眉头，努力回忆。

“难说，我记不清了。都过去三个月了吧。应该是公司。对，大致能肯定，是寄到公司这里。”他略一停顿，好奇地问，“为什么问这个？”

“我觉得有点奇怪，”尼尔警督说，“你父亲没把信放在办公室的私人文件里，而是带回‘紫杉小筑’。我是在那边他的书桌里发现的。不知他这么做是为什么。”

兰斯笑道：“我猜是要瞒着珀西瓦尔。”

“嗯，”尼尔警督说，“看起来像。这么说，你哥哥可以接触你父亲放在这里的私人文件？”

“唔，”兰斯迟疑地皱着眉，“也不一定。我是指，如果他想动，随时都可以动，但他不……”

尼尔警督替他把话说完。

“但按理他不应该去动？”

兰斯咧嘴笑道：“完全正确。坦白说，那属于偷窥。但我估计偷窥这种事老珀西可没少干。”

尼尔警督点点头。他也认为珀西瓦尔·弗特斯科很可能会这么做。这与警督自己对他个性的初步了解比较吻合。

“说谁谁就来。”珀西瓦尔·弗特斯科推门走进来时，兰斯嘀咕了一句。珀西瓦尔正要和警督说话，看见兰斯，顿时皱起眉头。

“早啊，”他说，“你在这儿？你没告诉我今天要来。”

“我突然工作热情高涨，”兰斯说，“就过来准备发挥点作用。你打算安排我做点什么？”

珀西瓦尔烦躁地说：

“眼下没什么安排，根本没事干。我们要筹划一下，看看哪方面的业务可以移交给你。得先给你腾一间办公室出来。”

兰斯笑着问道：

“对了，老哥，你为什么赶走漂亮的葛罗斯文纳小姐，换了个马脸丑八怪守在外头？”

“说什么呢，兰斯！”珀西瓦尔厉声斥责。

“越换越糟糕，”兰斯说，“我本来还盼着葛罗斯文纳小姐这位大美人呢，为什么辞退她？是不是她知道得太多了？”

“当然不是，你都在想些什么！”珀西愤怒地反驳，苍白的脸涌起血色。他转向警督：“别听我弟弟胡言乱语，”他冷冷地说，“他的幽默感很离奇。”然后他又说，“我对葛罗斯文纳小姐的智商向来评价不高。哈德卡瑟尔太太的履历很出色，工作能力强，要求的薪水也合理。”

“薪水合理，”兰斯望着天花板，“哎，珀西，我真的不赞成这样缩减公司的人工成本。对了，考虑到悲剧发生以来这几星期，职员们一直坚定地支持我们，你不觉得应该给他们全面加薪吗？”

“当然不，”珀西瓦尔·弗特斯科斥道，“他们没提要求，而且根本没这个必要。”

尼尔警督注意到兰斯眼中闪着恶作剧的光芒。然而珀西瓦尔心情极差，一点也没察觉。

“你的点子总是极其夸张，”他连话都说不利索了，“以公司目前的状况而言，只有节约开支才有希望。”

尼尔警督充满歉意地咳嗽一声。

“有件事我想和你谈谈，弗特斯科先生。”他对珀西瓦尔说。

“什么事，警督？”珀西瓦尔将注意力转到尼尔身上。

“我想求证一件事，弗特斯科先生，据我所知，这六个月以来——也许更久，可能长达一年——你父亲的种种言行令你越来越焦虑。”

“他的健康出了问题，”珀西瓦尔斩钉截铁地说，“肯定出了问题。”

“你劝他去找医生看病，但却失败了，他坚决不同意？”

“是的。”

“请问，你是否怀疑你父亲患了通常所说的‘麻痹性痴呆’，症状包括狂热自大、暴躁易怒，早晚会彻底发疯？”

珀西瓦尔一脸惊愕：“你真厉害，警督。我确实害怕这一点，所以才急着让他去接受治疗。”

尼尔又说：“同时，在你父亲被你说服之前，他完全可能对公司造成巨大损害？”

“是的。”珀西瓦尔表示同意。

“真是非常不幸。”警督说。

“情况相当危险。没人知道我受了怎样的煎熬。”

尼尔和颜悦色地说：“那么站在公司的立场上来看，你父亲的死实在是一大幸事。”

珀西瓦尔怒道：“你居然以为我会对父亲的死持这种态度。”

“这和你的态度没关系，弗特斯科先生。我只是描述实际情况。你父亲在财务状况彻底崩溃之前去世了。”

珀西瓦尔不耐烦地说：“对，对，就实际情况而言，你说得对。”

“鉴于你们全家都依赖公司，这对你们来说也很幸运。”

“是的。可是，警督，我不明白你想说什么……”珀西瓦尔没有说完。

“噢，我没有特别的意思，弗特斯科先生，”尼尔说，“只是梳理我所掌握的事实而已。还有件事，记得你说过，你弟弟多年前离开英国，后来你们就没有任何联系了。”

“确实如此。”珀西瓦尔答道。

“未必吧，弗特斯科先生？我的意思是，春天的时候你为父亲的健康状况担忧，就写信给远在非洲的弟弟，向他透露你对父亲言行的忧虑。我想，你是打算联合弟弟一起劝说父亲去做检查，有必要的话还得设法控制住他。”

“我——我——我真的没搞懂……”珀西瓦尔深感震惊。

“难道不是这样吗，弗特斯科先生？”

“哎，其实，当时我觉得这样做很对。不管怎么说，兰斯毕竟也是公司的小股东。”

尼尔警督望向兰斯。兰斯正咧嘴笑着。

“你收到那封信了？”尼尔警督问道。

兰斯·弗特斯科点点头。

“你的答复是？”

兰斯的嘴咧得更开了。

“我让珀西有多远滚多远，别管老头子。我说老头子肯定对自己的行为心里有数。”

尼尔警督又将视线转回到珀西瓦尔身上。

“你弟弟的回信里是这么说的吗？”

“我……我……哎，大意如此吧。反正他说得比这更难听。”

“还是让警督听听删减后的版本比较好，”兰斯说，“不瞒你说，尼尔警督，我之所以刚收到父亲的信就回家来验证自己的想法，其中一部分原因就是刚才说的这些。我和父亲见面的时间很短，坦白说，看不出他有什么问题。他的情绪稍有些激动，仅此而已。在我看来，他完全能够管好自己的事。总之，我回非洲和帕特商量之后，就决定回来——该怎么说呢——回来旁观一场公平竞争。”

他边说边瞟了珀西瓦尔一眼。

“没那回事！”珀西瓦尔·弗特斯科说，“你暗示的那些东西，根本没那回事！我没打算牺牲父亲，我关心他的身体健康。我承认，我也关心……”他停住了。

兰斯立即见缝插针。

“你还关心你的钱袋子，呃？珀西的小钱袋子。”他站起身，态度突然为之一变，“好吧，珀西，我玩够了。我假装要来这里工作，本来只想吓唬吓唬你而已。我不想让你事事称心如意，但要再闹下去我可受不了。说实在的，跟你待在一个房间里，真让我恶心。你这下流货色一辈子都那么肮脏卑鄙，偷窥、窃听、撒谎、惹事，样样没少干。再告诉你一件事吧，虽然我没法证明，但我始终相信，伪造那张支票、最后惹出大祸、害得我被赶走的人就是你。伪造的手法那么拙劣，字迹一看就有问题，能不被人盯上吗？我确实有不少劣迹，所以我的辩解也没人听，但真想不到老头子竟然没意识到这一点：如果我真的伪造他的签名，我会干得漂亮得多。”

兰斯的嗓门越来越大：“行了，珀西，我不会陪你玩这种愚蠢的游戏。我烦透了这个国家、这个城市，烦透了你这种穿着条纹西裤、黑西装、装腔作势的人，烦透了你们那些下三烂的金融骗术。就按你的意见分家吧，我要带帕特回到一个截然不同的国家——那里有广阔天地让我们呼吸，让我们活动。资产就按你的意思来分。优良的、稳健的都归你，利率百分之二、百分之三、百分之三点五的债券都归你。把老爹最近那些投机生意给我。大部分可能都不值钱，但我敢打赌，其中总有那么一两笔的收益，到头来会比你那些安安稳稳的百分之三信托债券更丰厚。老头子精着呢。他敢冒险，敢玩大的。有些冒险能换来百分之五、百分之六、百分之七的回报。我相信他的判断和运气。至于你，你这小毛虫……”

兰斯朝他哥哥逼近，珀西瓦尔急忙后退，绕过桌角，躲到尼尔警督身旁。

“好吧，”兰斯说，“我不会碰你。你想让我出去，想让我离开这儿，你会满意的。”

他边大步走向门口边说：

“如果你愿意，可以把以前那个黑画眉矿山也扔给我。如果麦肯锡家的杀人狂盯着我们家，好歹让我把他们引到非洲去。”

出门时，他又补了一句：

“复仇——事隔这么多年——听上去真是难以置信。但尼尔警督的态度似乎是认真的，对吧，警督？”

“胡扯！”珀西瓦尔说，“不可能有这种事！”

“问问他，”兰斯说，“问问他为什么一直调查黑画眉和老爹口袋里的黑麦。”

尼尔警督轻轻摸了摸上唇：

“弗特斯科先生，还记得夏天的黑画眉事件吧。我们的调查都是事出有因的。”

“荒唐，”珀西瓦尔又说，“这些年麦肯锡一家根本没什么音讯。”

“但我敢发誓，”兰斯说，“我们之中一定潜伏着麦肯锡家的人。想必警督也这么看。”

2

兰斯洛特·弗特斯科刚走到楼下的街上，尼尔警督就追了上来。

兰斯略显羞怯地对他笑了笑。

“我不是故意的，”他说，“但我就是突然控制不住情绪。噢！

算了——反正早晚都得闹这么一场。我和帕特约好在萨沃伊饭店碰面——你也同路吗，警督？”

“不，我要回贝顿石楠林。不过还有些事要问你，弗特斯科先生。”

“问吧！”

“刚才你走进里间办公室，看见我的时候——你很惊讶，为什么？”

“大概因为我没料到会是你吧。我还以为珀西在里面。”

“没人告诉你他出去了？”

兰斯好奇地看着他。

“没有。他们说他在办公室里。”

“我懂了，没人知道他出去。里间的办公室并没有第二扇门，但小前厅倒有一扇门直接通往走廊——你哥哥应该是从那里出去的。但我很意外，哈德卡瑟尔太太竟然没告诉你。”

兰斯笑了。

“估计她当时去拿她那杯茶了。”

“嗯，是的，可能是。”

兰斯又看着他。

“你想到什么了，警督？”

“只是还有几个小问题没想通而已，弗特斯科先生。”

第二十四章

1

在前往贝顿石楠林的火车上，尼尔警督做着《泰晤士报》上的字谜游戏，却屡屡碰壁，案情的各种可能性在脑海中交错。读报上的新闻时他也三心二意：日本地震、坦噶尼喀发现铀矿、一名商船海员的尸体被冲上南安普顿附近海岸、码头工人即将举行罢工，等等。他还读到近来连续发生的棍棒殴伤事件，以及一种能奇迹般治愈肺结核的新药。

这些新闻在他的思绪中交织成奇诡的图案。后来他又接着玩字谜游戏，很快解出三条谜底。

到达“紫杉小筑”时，他已有了决定。他问海伊巡官：

“那位老太太呢？是不是还在这里？”

“马普尔小姐？噢，对，还在。她跟楼上的老太太成了好朋友。”

“这样啊。”尼尔略一沉吟，又说，“现在她在哪儿？我想见见她。”

过了几分钟，马普尔小姐来了，看上去脸色通红，喘得有点急。

“你找我，尼尔警督？但愿没让你等太久。海伊巡官起先没找到我。我在厨房里跟克朗普太太聊天呢。我称赞她的点心，夸她好手艺，告诉她昨晚的蛋白牛奶酥实在太好吃了。我觉得，嗯，慢慢靠近正题比较合适，不是吗？依我看，你不太习惯这样，你一般都更直接地提出想问的问题。但对我这种时间多得花不完的老太太，意义不大的东拉西扯更符合我的身份嘛。而且俗话说得好，想赢得厨师的好感，捷径就是赞美她做的点心。”

“其实你真正想和她聊的是格拉迪丝·马丁的事？”尼尔警督说。

马普尔小姐点点头。

“对，格拉迪丝。是这样，克朗普太太还真能提供不少她的资料。倒不是跟案子有关的那种，我不是那个意思。我是指她最近的精神状态，以及她说的那些话。关键不在于她的话有什么古怪，而是那些言语中透露的蛛丝马迹。”

“有用吗？”尼尔警督问。

“嗯，”马普尔小姐说，“非常有用。知道吗，我觉得局势已经变得明朗多了，不是吗？”

“也对，也不对。”尼尔警督说。

他注意到海伊巡官已经离开房间了。他为此颇感庆幸，因为他接下来的举动可能稍微有那么一丁点不合规矩。

“是这样的，马普尔小姐，”他说，“我想认真地和你谈一谈。”

“谈什么，尼尔警督？”

“从某种意义上说，”尼尔警督说，“你我两人代表不同的观点。说实话，马普尔小姐，我在苏格兰场听说过你的事迹，”他微笑道，“你在那里似乎名气不小。”

“这怎么可能？”马普尔小姐颇为不安，“不过，我好像经常卷进跟我没什么关系的事。我是指刑事案件以及种种离奇遭遇。”

“你的声望很不错。”尼尔警督说。

“当然，亨利·克利瑟林爵士是我的老朋友了。”马普尔小姐说。

“刚才我说你我代表不同的观点，”尼尔说，“换句话说，分别代表‘正常’与‘不正常’。”

马普尔小姐的头微微倾向一侧。

“我不太明白你这句话的意思，警督？”

“唔，马普尔小姐，案情可以从正常的角度来考虑。第一起谋杀使得某些人从中获利。应该说，其中某个人获得的利益尤其多。第二起谋杀也有利于同一个人。第三起谋杀可以算是杀人灭口。”

“可你说的第三起谋杀，是指哪一起呢？”马普尔小姐问道。

她那闪亮的瓷蓝色双眼，正精明地望着警督。他点点头。

“是的，你问到点子上了。是这样的，前几天副局长和我讨论这几起谋杀时，他说的某句话我听起来总觉得不太对劲。问题就在这里。我当时想到的是那首儿歌。国王在账房里，王后在客厅，女佣在晒衣服。”

“没错，”马普尔小姐说，“儿歌里是这个顺序，但实际上格拉迪丝肯定是在弗特斯科太太之前遇害的，不是吗？”

“我同意，”尼尔说，“我很有把握。她的尸体直到深夜才被发现，所以很难判定她的具体死亡时间。但我个人认为，她一定是在五点左右遇害的，否则——”

马普尔小姐插话：“因为如果不是这样的话，她一定会把第二个托盘端进客厅？”

“正是如此。她先端上了盛着茶壶的那个托盘，又把第二个托盘端到大厅里时，发生了某些情况。她看到或是听到了什么——问题焦点就在于那究竟是‘什么’。也许是杜波瓦从弗特斯科太太的房间里出来，正在下楼梯。也许是伊莲·弗特斯科的男朋友杰拉德·莱特从侧门溜进来。不管是谁，那人都哄骗她放下茶盘，去了花园。我想那之后她必定很快就死了。外头很冷，她只穿了薄薄的女仆装。”

“你说得很对，”马普尔小姐说，“依我看，根本不存在‘女佣在花园里晾衣服’这件事。她不会挑傍晚那个时间去晾衣服，也不会连外套也不披就跑到晾衣绳那里去。这一点和晾衣夹子一样纯属伪装，是为了让整个案子和儿歌相呼应。”

“没错，”尼尔警督说，“太疯狂了。这就是我还不能完全认同你的观点的原因。我无法——我只是无法接受儿歌这种事。”

“但案情确实与儿歌一致，警督。你不能不承认这一点。”

“的确，”尼尔沉重地说，“但顺序不一样。我是指，儿歌里说的第三个死者是女佣，但我们都知道，本案中‘王后’才是第三个遇害的。阿黛尔·弗特斯科的死亡时间在五点二十五分到五点五十五分之间，那时格拉迪丝肯定已经死了。”

“完全错了，不是吗？”马普尔小姐说，“从儿歌的角度来说，完全错位了——这难道不是非常耐人寻味吗？”

尼尔警督耸耸肩。

“可能是我吹毛求疵吧。几起命案符合儿歌的描述，这差不多就够了。但刚才我是站在你的角度说话，而接下来我要从我的角度来分析案情。我会把黑画眉、黑麦和其他这类因素剔除出去，仅从单纯的事实、常识和正常人的谋杀动机入手。首先，雷克斯·弗特斯科之死，谁会从中获利？唔，符合条件的人很多，但获利最多的是他的长子，珀西瓦尔。珀西瓦尔案发当天早上不在‘紫杉小筑’，不可能往父亲的咖啡或早餐吃的其他东西里下毒。至少一开始我们这么想。”

“啊，”马普尔小姐眼睛一亮，“所以有其他方法，是吗？我一直在琢磨这一点，你知道吗，我想到了好几种方法，但没有任何证据。”

“让你知道也没关系，”尼尔警督说，“紫杉碱是加在一罐新的橘子酱里头。那罐橘子酱放在餐桌上，弗特斯科先生早餐时吃了最上面一层。后来那罐橘子酱被人扔到灌木丛里，换上一罐新的，外观一模一样，还从中挖掉了相同的分量，再放到餐具室。灌木丛里那罐之后被发现了，我刚刚拿到化验结果。已经确认，其中含有紫杉碱。”

“原来如此，”马普尔小姐咕哝道，“真是轻松简单。”

“联合投资信托公司的经营状况不佳，”尼尔又说，“如果公司按照弗特斯科先生的遗嘱，向阿黛尔·弗特斯科支付十万英镑的话，估计就离破产不远了。只要弗特斯科太太比她丈夫多活一个月，就不能不付给她这笔钱。她对公司漠不关心，更不会在乎公司的困境。但她没能坚持到丈夫死后满一个月。她也死了，而从她的死亡中获利的，就是雷克斯·弗特斯科遗嘱中的剩余财产继承人。换句话说，又是珀西瓦尔·弗特斯科。”

“总也绕不开珀西瓦尔·弗特斯科，”警督不快地说，“但是，虽然他有可能对橘子酱动手脚，但他不可能毒死继母或者勒死格拉迪丝。根据秘书的证词，那天下午五点，他还留在市区的办公室，将近七点才回到这里。”

“这可就难办了，对吧？”马普尔小姐说。

“根本不可能实现，”尼尔警督郁闷地说，“所以，珀西瓦尔被排除了。”他不再压抑情绪，也不再有所顾虑，语带心酸，几乎忘记了他的诉说对象。“无论我走到哪一步，无论我转到哪个方向，总会撞上同一个人——珀西瓦尔·弗特斯科！但凶手却又不可能是珀西瓦尔·弗特斯科。”他稍稍平复一下情绪，又说，“噢，还有其他可能，其他人也拥有十分充分的动机。”

“当然，还有杜波瓦先生，”马普尔小姐尖声说，“还有年轻的莱特先生。我同意你的观点，警督。在获利问题上，必须保持怀疑的态度，避免轻易相信别人。”

尼尔忍不住笑了。

“总往最坏的地方想，呃？”他问道。

没想到这位看上去迷人又弱不禁风的老太太居然笃信这样独特的准则。

“噢，是啊，”马普尔小姐热切地说，“我历来相信最坏的假设。可悲的是，事实往往证明我是正确的。”

“好吧，”尼尔说，“那就做最坏的假设。凶手有可能是杜波瓦，有可能是杰拉德·莱特（那就意味着他与伊莲·弗特斯科同谋，是她在橘子酱里动了手脚），也有可能是珀西瓦尔太太。她当时在场。但我提到的这些人都不符合凶手是疯子的推论。他们与黑画眉和一口袋黑麦都没有联系。那是你的理论，你有可能是对的。倘若如此，嫌疑就集中到一个人身上了，不是吗？麦肯锡太太在精神病院住了很多年，她总不会在橘子酱罐头里动手脚，或是趁着一家人喝下午茶的时候投放氰化物。她儿子唐纳德在敦刻尔克阵亡。那就只剩下她女儿，露比·麦肯锡。如果你的理论正确，如果一连串谋杀都缘起于多年前黑画眉矿山的事件，那么露比·麦肯锡肯定就在这座房子里，也只有一个人可能是露比·麦肯锡。”

“我觉得，哎，”马普尔小姐说，“你有些过于武断了。”

尼尔警督没有留意她的话。

“只有一个人。”他冷酷地说。

他站起身，走出房间。

2

玛丽·多芙在她的起居室里。这个房间不大，装饰十分简朴，但却很舒适。可以说是多芙小姐本人让它显得如此舒适。尼尔警督敲门时，玛丽·多芙正在看一沓零售商的账册，她抬起头，以清亮的嗓音说：

“请进。”

警督走进屋内。

“请坐，警督。”多芙小姐指了指一张椅子，“麻烦你稍等片刻好吗？鱼贩的账目好像不太对，我得核实一下。”

她核对总金额的时候，尼尔警督默默地坐在一旁观察着。这女孩多么镇定、多么沉着啊，他想。与往常一样，他对这自信姿态下潜藏的真正人格深感好奇。他试着将她的外貌特征与松林疗养院那个女人相比较，寻找相似之处。肤色倒有些像，五官却看不出相同点。过了一会儿，玛丽·多芙抬起头说：

“怎么，警督？有什么需要我效劳的吗？”

尼尔警督平静地说：

“是这样，多芙小姐，这个案子有几个很不寻常的特点。”

“是什么？”

“首先，弗特斯科先生衣袋里有黑麦，这很离奇。”

“的确莫名其妙，”玛丽·多芙表示同意，“我完全想不出任何解释。”

“然后是黑画眉的怪事。夏天时弗特斯科先生的办公桌上有四只死掉的黑画眉，馅饼里的牛肉和火腿也被换成了黑画眉。多芙小姐，发生这两件事的时候，你应该都在场吧？”

“是的，我想起来了。实在让人愤慨。这种事目的不明，又极其恶毒，特别是在那时候。”

“恐怕未必目的不明吧。多芙小姐，你对黑画眉矿山了解多少？”

“我好像从没听说过什么黑画眉矿山。”

“你自称玛丽·多芙，请问这是你的真名吗，多芙小姐？”

玛丽眉毛一扬。尼尔警督百分之百肯定，她的蓝色双眸中闪过一缕机警的光芒。

“好离奇的问题啊，警督。你是在暗示我的名字不叫玛丽·多芙？”

“我就是这个意思。我在暗示，”尼尔警督笑道，“你的真名是露比·麦肯锡。”

她瞪着他，神情一时间极度茫然，既不像要抗议，也没显出惊愕的迹象。毫无疑问，她正在盘算着什么，尼尔警督心想。过了一两分钟，她才以淡定而不露感情色彩的声音说：

“你希望我说什么好呢？”

“请回答我的问题。你的名字是不是露比·麦肯锡？”

“我已经说过，我名叫玛丽·多芙。”

“很好，但你有证据吗，多芙小姐？”

“你想看什么？我的出生证明？”

“那可能有用，也可能没用。我是指，或许你持有一张玛丽·多芙的出生证明，那位玛丽·多芙或许是你的朋友，或许是某个已经死去的人。”

“嗯，可能性非常多，不是吗？”玛丽·多芙的话音里又出现了调侃的意味，“现在你可真是进退两难啊，对不对，警督？”

“松林疗养院的人可能认识你。”尼尔说。

“松林疗养院！”玛丽再次扬起眉毛，“松林疗养院是什么？在什么地方？”

“我看你心里一清二楚，多芙小姐。”

“我向你保证，我根本不知道。”

“你仍然否认你就是露比·麦肯锡？”

“我可不想否认什么。是这样，警督，我觉得无论露比·麦肯锡究竟是什么身份，都应该由你来证明她就是我。”此刻，她的蓝眼睛里显然兴味十足，还饱含挑战之意。玛丽·多芙直视他的双眼，说：“不错，警督，全看你的了。如果你有本事，尽管去证明我就是露比·麦肯锡吧。”

第二十五章

1

“那多嘴的老太太正找你呢，长官，”尼尔警督下楼时，海伊巡官鬼鬼祟祟地凑过来耳语，“她好像有很多话要跟你说。”

“真见鬼！”尼尔警督说。

“是的，长官。”海伊巡官脸上的肌肉纹丝不动。

他正要走开，又被尼尔喊了回来。

“海伊，你去了解一下多芙小姐提供的这些个人经历，重点关注她以前的工作以及相关情况。好好查一查——嗯，我还想知道一两件事。你去查查这几个问题，怎么样？”

他在一张纸上写了几行字，交给海伊巡官。海伊答道：

“我马上去办，长官。”

尼尔警督经过藏书室，听见有人说话，便往里望了一眼。无论马普尔小姐刚才是否在找他，此时她正一边忙着织毛线，一边认真地与

珀西瓦尔 · 弗特斯科太太聊天。尼尔警督捕捉到这么半句话：

“……我一直认为做护理工作需要很高的才能。真是一项高尚的职业。”

尼尔警督悄悄离开。他以为马普尔小姐注意到他了，但似乎她并没发现他来过。

她继续用她那温和轻柔的嗓音说：

“有一次我手腕骨折，有位特别迷人的护士来照顾我。后来她去看护斯帕罗太太的儿子，他是位年轻帅气的海军军官。说来真是缘分，后来他们订婚了，多么浪漫啊。他们结婚后过得很幸福，有了两个可爱的孩子。”马普尔小姐饱含深情地叹道，“当时他患的是肺炎。肺炎这种病对护理的要求很高，对吧。”

“噢，是啊，”詹妮弗 · 弗特斯科说，“肺炎的康复几乎全靠护理，不过，现在有特效药了，不像以前，要彻底痊愈简直是一场持久战。”

“孩子，你从前肯定是位出色的护士，”马普尔小姐说，“你的爱情就是在这过程中开始的吧？我是指，你来这里看护珀西瓦尔 · 弗特斯科先生的时候？”

“是的，”詹妮弗说，“是啊，是啊——开头就是那样。”

听起来她不太想聊这件事，但马普尔小姐似乎没注意到。

“我知道。按说我们当然不该听用人们说闲话，但像我这种老太婆，难免对人家的闲言碎语感兴趣。我刚才说什么来着？噢，对，之前还有另一位护士，对吧，后来她被辞退了——大概如此。想必她做事不认真吧。”

“倒不是因为她不认真，”詹妮弗说，“好像是她父亲或者其他什么人得了重病，所以我才来接替她。”

“明白了，”马普尔小姐说，“所以你爱上了他。嗯，真好啊，特别好。”

“我也说不准到底好不好，”詹妮弗·弗特斯科说，“我常常希望，”她的声音有些颤抖，“我常常希望我能回到工作岗位上去。”

“是的，是的，我能理解。你的工作热情非常高。”

“当初没那么投入，但现在回想起来——生活太单调了，哎。一天天都没什么事可干，瓦尔又全身心扑在公司里。”

马普尔小姐摇摇头。

“这年头男人都得拼命工作，”她说，“不管赚了多少钱，好像一点闲暇时间都腾不出来。”

“是啊，结果做妻子的就特别孤独，特别无聊。我常常希望自己从没来过这里，”詹妮弗说，“哎，算了，我也是自作自受。我真不该那么干。”

“真不该干什么，孩子？”

“真不该嫁给瓦尔。哎，算了——”她突然叹道，“不说这些了。”

马普尔小姐十分贴心地开始和她讨论新近在巴黎流行的裙子款式。

2

马普尔小姐敲敲书房的门，尼尔警督让她进去。“谢谢你刚才没打岔，”她说，“是这样，之前我还想证实一两个小问题。”接着她又抱怨道，“我们刚才其实还没谈完。”

“抱歉，马普尔小姐，”尼尔警督露出迷人的微笑，“是我失礼了。我请你来探讨问题，结果全是我在自说自话。”

“噢，没关系，”马普尔小姐连忙说，“本来我还没准备好要亮出全部底牌。我的意思是，没有百分之百的把握时，我不想指控任何人。当然，这都是我脑子里的想法。现在我能确定了。”

“确定什么，马普尔小姐？”

“唔，确定是谁杀了弗特斯科先生啊。之前你提到橘子酱的事，正好解决了我的问题。我的意思是，作案手法和凶手的身份都清楚了，而且完全是精神正常人的所作所为。”

尼尔警督眨了眨眼。

“不好意思，”马普尔小姐注意到他的反应，“有时我很难明确表达自己的意思。”

“马普尔小姐，我还不太明白我们到底在讨论什么。”

“唔，最好还是从头说起，”马普尔小姐说，“我的意思是，如果你有时间，我想从头说明我的观点。你看，我跟大家都聊了很多，包括拉姆斯伯顿小姐、克朗普太太和她丈夫。当然，他谎话连篇，但那也没关系，因为只要你清楚他在撒谎，结果还是一样的。不过我是想把那几通电话和尼龙袜等问题问清楚。”

尼尔警督又眨了眨眼，开始考虑自己怎么会自讨苦吃，为什么会把马普尔小姐当成可靠的、头脑清晰的同盟军。但他心想，无论她有多糊涂，总还是有可能收集到一些有用的情报。尼尔警督职业生涯中的成功经历，无不源自于认真倾听。现在他已做好了洗耳恭听的准备。

“请详细说明，马普尔小姐，”他说，“但你能不能从头开始呢？”

“好的，当然，”马普尔小姐说，“事情的起点是格拉迪丝。我是指，我是为了格拉迪丝才来的。你好心让我察看了她的所有东西，有了那些，加上尼龙袜和那几通电话，还有这样那样的线索，一切就很清楚了。我说的是弗特斯科先生和紫杉碱。”

“是谁在弗特斯科先生的橘子酱里加了紫杉碱，”尼尔警督问道，

“你有猜测对象了？”

“不是猜测，”马普尔小姐说，“我已经知道了。”

尼尔警督第三次眨了眨眼。

“当然是格拉迪丝。”马普尔小姐说。

第二十六章

尼尔警督瞪着马普尔小姐，缓缓摇头。

“你是说，”他难以置信，“格拉迪丝·马丁蓄意谋杀雷克斯·弗特斯科？对不起，马普尔小姐，我无法相信。”

“不，她当然不是有意害死他的，”马普尔小姐说，“但实际下手的人就是她！你亲口说过，你盘问她时，她既紧张又沮丧，而且看上去十分内疚。”

“是啊，但她的内疚并不是因为谋杀吧。”

“噢，这点我同意。我说了，她不想谋杀任何人，但确实是她往橘子酱里加了紫杉碱。当然，她没意识到那其实是毒药。”

“那她以为那是什么？”尼尔警督的声音依然充满了不可思议。

“我猜她以为那是某种吐真药，”马普尔小姐说，“女孩们总爱从报上剪下有趣又有用的文章保存起来，一代代人都这样。什么美容秘方、吸引心仪男子的妙法之类的，以及巫术、魔法和各种神迹。这年头这些东西大都打着科学的旗号。人们不再相信魔法师，不再相信有人一挥魔杖就能把你变成青蛙。但如果你在报上读到科学家注射某种腺体激素就能改造你的身体器官、使你进化出青蛙的某些特征，那么，人人都会信以为真。格拉迪丝在报上读到过吐真药，当他告诉她那就是吐真药的时候，她自然就相信了。”

“谁告诉她？”尼尔警督问。

“阿尔伯特·埃文斯，”马普尔小姐说，“当然，这不是他的真名。反正他们是在夏令营认识的，他朝她大献殷勤，向她求爱，估计还向她宣称自己受了什么不公、迫害之类的。总之，关键是要让雷克斯·弗特斯科承认其所作所为，并做出补偿。他让她来这里工作，现在帮佣普遍短缺，到有需求的人家来找工作很容易。用人们的更换频率很高。他们约好一个日期。还记得吗，他寄来的明信片上写着‘别忘了约好的日子’。那就是他们准备动手的大日子。格拉迪丝会把他给她的药加到橘子酱的上层，还会在弗特斯科先生的衣袋里放黑麦。不知他编造了什么理由来解释黑麦的事，但我一开始就说过，尼尔警督，格拉迪丝·马丁是个很容易上当受骗的女孩。事实上，如果那些话出自一个讨人喜欢的青年之口，她无论如何都会相信。”

“说下去。”尼尔警督茫然地说。

“原定的计划估计是，”马普尔小姐继续说道，“阿尔伯特当天会去公司，吐真药那时应该会发挥作用，弗特斯科先生会承认一切，等等。你可以想象，那可怜的女孩听说弗特斯科先生的死讯时是怎样一种心情。”

“但她总会说出来吧？”尼尔警督提出异议。

马普尔小姐问道：“你询问她的时候，她说的第一句话是什么？”

“她说：‘我什么也没干。’”尼尔警督答道。

“这就对了，”马普尔小姐得意地说，“你难道看不出这正是她会说的话吗？如果格拉迪丝摔碎了一件装饰品，她会说：‘不是我干的，马普尔小姐，我不知道怎么会这样。’可怜的孩子们，她们总免不了这样。她们对自己做错的事非常沮丧，一心只想逃脱责罚。难道你觉得一个无意中害死别人的女孩在精神高度紧张的状况下，会全部承认？那未免和她们的性格相差太远了。”

“嗯，”尼尔说，“你分析得很对。”

他回忆起与格拉迪丝的谈话。她紧张、沮丧、内疚、目光游移，这些征兆可能并不重要，也可能至关重要。他实在无法责怪自己没有得出正确结论。

“如我所说，她的第一反应就是矢口否认，”马普尔小姐说，“然后她极度困惑地在脑中梳理这件事。或许阿尔伯特不清楚药力有多强，或许他弄错了、给她的药量太大。她为他找了种种借口、种种解释。她一定盼着他跟她联系。当然，他确实这么做了，打了电话。”

“你都知道？”尼尔警督突然问道。

马普尔小姐摇摇头。

“不，我承认，这都是我的猜测。但案发当天确实有几次来历不明的电话。有人来电，克朗普或者克朗普太太去接，电话就挂断了。那就是他打的，一次又一次，直到格拉迪丝接听为止，然后就跟她约好时间见面。”

“我懂了，”尼尔说，“你是指她死的那天跟他有个约会。”

马普尔小姐连连点头。

“是的，有很多线索。克朗普太太说对了一点：那女孩穿着她最好的尼龙袜和最好的鞋子。她打算去赴约。不过她并不是出门去见他，他会来‘紫杉小筑’。所以那天她才东张西望、手忙脚乱，没按时准备茶点。后来她把第二个茶盘端到大厅时，看见他就在走廊那头的侧门那里朝她招手，于是她放下茶盘，跑过去接他。”

“接着他勒死了她。”尼尔说。

马普尔小姐紧抿双唇。“很快就结束了，”她说，“他怕她说出去，不能冒险。她必须死，可怜的、愚蠢的、容易上当的女孩。然后——他在她鼻子上夹了一个晾衣夹子！”老太太的声音因愤怒而颤抖着。“只为了跟儿歌相吻合。黑麦、黑画眉、账房、面包和蜂蜜，还有晾衣夹子——他只能找那东西代替儿歌中叼走她鼻子的小鸟。”

“他最后会进疯人院，我们无法将他处以绞刑，因为他疯了！”尼尔警督缓缓地说。

“你应该可以绞死他，”马普尔小姐说，“他没疯，警督，从来就没疯！”

尼尔警督紧盯着她。

“是这样的，马普尔小姐，你提出了一种观点，是的，是的，虽然你说你知道，但毕竟只是你的个人观点。你说有个人该对这几起命案负责，他化名为阿尔伯特·埃文斯，在夏令营结识格拉迪丝，利用她来实现自己的目的。这个阿尔伯特·埃文斯要为黑画眉矿山的旧事复仇。所以你是不是在暗示，麦肯锡太太的儿子唐·麦肯锡并没有死在敦刻尔克。他还活着，在幕后策划了这一切？”

出乎尼尔警督的意料，马普尔小姐猛然摇头。

“不！”她说，“不！我根本没这个意思。尼尔警督，难道你没看出黑画眉矿山完全只是伪装而已吗？这件事被人利用了，被那个听说过黑画眉——书房那几只和馅饼里那几只——事件的人利用了吗？那些黑画眉倒是真的，有个了解往事的人想复仇，所以放了那些黑画眉，但那人的复仇仅限于吓吓弗特斯科先生、让他心里不舒服而已。尼尔警督，我不太相信孩子在长大成人期间真的会全盘接受复仇理念的灌输。但如果谁的父亲蒙受诈骗，甚至还被抛下等死，那这孩子倒是有可能想要玩些小把戏折磨一下罪魁祸首。我觉得就是这么回事。而真凶利用了这一点。”

“说到凶手，”尼尔警督说，“拜托，马普尔小姐，说说你心目中的凶手吧。他是谁？”

“你不会意外的，”马普尔小姐说，“真的不会。因为只要我一说出他是谁——准确地说，应该是我认为他是谁，我们说话总该严密一些，对吧——你就会发现，他恰恰就是会犯下这几起谋杀案的那种人。他精神正常，聪明机敏，而且毫无道德底线。他干这一切当然是为了钱，很可能还是很大一笔钱。”

“珀西瓦尔·弗特斯科？”尼尔警督乞求般地开口，但马上就意识到自己错了。马普尔小姐描述的人和珀西瓦尔·弗特斯科一点都不像。

“噢，不，”马普尔小姐说，“不是珀西瓦尔，是兰斯。”

第二十七章

1

“这不可能。”尼尔警督说。

他往椅背上一靠，双眼牢牢凝视着马普尔小姐。正如马普尔小姐所说，他一点也不意外。他所说的“不可能”，其实是“不大可能”，而非“绝不可能”。 马普尔小姐已经把凶手的形象勾勒得非常到位了，兰斯 · 弗特斯科与之相当吻合。但尼尔警督始终看不出为什么答案会是兰斯。

马普尔小姐坐在椅子里，倾身向前，就像对小朋友解释简单的算术题那样，温和而令人信服地开始分析她的观点。

“你看，他总是那个样子。我是指，他一直都那么邪恶。坏到骨子里，但又因此而魅力十足。对女人尤其有吸引力。他聪明过人，敢于冒险。他一次次铤而走险，因为他的魅力，大家对他总往好的方面想，而忽略最坏的那一面。我根本不相信他父亲给他写过信、叫他回来——除非你拿到了切实的证据。”她停下来，以示询问。

尼尔摇摇头。“不，”他说，“我没发现能证明他父亲叫他回来的证据。只有一份看上去是兰斯来过之后回到非洲写来的信。但兰斯前几天回来时，很容易就可以把这封假信塞进他父亲书房的文件堆里。”

“他果然高明，”马普尔小姐点点头，“唔，我说过，他很可能坐飞机回来，试图与父亲和解，但弗特斯科先生不答应。兰斯最近刚结婚，他赖以维生的那笔小钱——毫无疑问也是用各种歪门邪道弄来的——就不够花了。他深爱着帕特（多么甜美可爱的女孩啊），想给她体面安逸的生活——不再漂泊不定。而从他的角度来看，这就意味着需要很多很多钱。他到‘紫杉小筑’时肯定听说了那些黑画眉的事，或许是他父亲说的，或许是阿黛尔说的。于是他得出结论：麦肯锡的女儿就在这座房子里。然后他灵机一动：正好拿她来当谋杀案的替罪羊。因为他发现父亲不肯听他摆布，所以就狠心决定杀死他。他可能察觉到他的父亲不太……呃，情况不太妙，所以他害怕父亲死时已经彻底破产。”

“他很了解他父亲的健康状况。”警督说。

“啊——那就可以说明很多问题了。他父亲的名字‘雷克斯’在拉丁文中有‘国王’的意思，和黑画眉事件联系到一起，就令他联想到用那首儿歌做文章。把整个阴谋包装上疯狂的外衣——然后用麦肯锡家威胁复仇的旧事打掩护。而且，他还可以趁势除掉阿黛尔，那十万英镑也就不会流出公司了。但还得有第三个角色，也就是儿歌里‘在花园晒衣服的女佣’——我猜测他正是由此才构思出整个恶毒计划的。他要培养一位天真的同谋，然后在她泄密之前将她灭口，这就可以为他提供第一桩命案的不在场证明。剩下的事就简单了。五点前他从车站赶到这里，当时格拉迪丝正好把第二个茶盘端到大厅。他走到侧门口，看见她，就招呼她过去，将她勒死，把尸体拖到屋后晾衣绳那里，整个过程只需要三四分钟。随后，他按响前门的门铃，被迎进家门，和全家人一起喝茶。然后他上楼去探视拉姆斯伯顿小姐。接着他又下楼溜进客厅，发现阿黛尔正独自喝着最后一杯茶，就坐到她身旁的沙发上，一边和她聊天，一边伺机把氰化物加进她的茶杯里。你知道，这并不难，一小块和方糖很像的白色晶体。可能他伸手去糖罐里取出一块，故意大大咧咧地放进她的茶杯里，笑着告诉她：‘看，我给你的茶多加了点糖。’她表示没关系，搅了搅就喝下去了。手法如此简单，又如此大胆。没错，他就是个胆大包天的家伙。”

尼尔警督缓缓地说：“这种可能性很大——没错。但我不明白——真的，马普尔小姐，我不明白——他能从中得到什么好处。就算老弗特斯科不死公司就会倒闭，但兰斯为了他那点股份，就会策划三起谋杀？我不相信，真的不相信。”

“这是一个小小的难点，”马普尔小姐承认，“对，我同意，要解释这个问题确实有难度。我在想……”她迟疑地看着警督，“我在想——我在财务方面一无所知——但我在想，黑画眉矿山真的毫无价值吗？”

尼尔陷入深思。各种碎片在他脑中逐渐拼合起来。兰斯自愿从珀西瓦尔那里接手投机性强或价值不高的股权。今天在伦敦，他临走前还让珀西瓦尔最好把黑画眉矿山和与之相伴的厄运一起处理掉。一座金矿。一座毫无价值的金矿。但或许，那座矿山并非真的不值钱。但话说回来，感觉又不太可能。老雷克斯·弗特斯科在这种事情上几乎不可能看走眼，不过，说不定最近有新变化了呢？那座矿山在什么地方？兰斯说过，在西非。可另外什么人——好像是拉姆斯伯顿小姐——却说在东非。兰斯会不会故意欺瞒，把东非说成西非？拉姆斯伯顿小姐年老健忘，但说出正确答案的可能是她，而非兰斯。东非。

兰斯刚从东非回来。莫非他最近得到了新的情报？

警督忽然灵光一闪，拼上了另一块碎片。他在火车上读《泰晤士报》的时候。坦噶尼喀发现铀矿。如果铀矿正好位于黑画眉矿山的旧址上呢？那一切就都说得通了。兰斯在那边得到了消息，如果真有铀矿，那可是一大笔钱。一大笔横财！他叹了口气，看着马普尔小姐。

“我能证明这一切吗？”他愤愤地问道，“你怎么看？”

马普尔小姐点头以示鼓励，就像鼓励正准备上考场的聪明侄儿似的。

“你能证明，”她说，“你非常非常聪明，尼尔警督。我一开始就看出来了。现在你已经知道凶手是谁，就应该能查出证据。比如，那个夏令营的人可以指认他的照片。到时他很难解释为什么会化名阿尔伯特·埃文斯在那里待了一星期。”

的确，尼尔警督心想，兰斯·弗特斯科既聪明又不择手段——但同时也相当莽撞。他冒的风险未免太大了。

尼尔对自己说：“我会击败他！”随即，怀疑又涌上心来，他望向马普尔小姐。

“你也知道，这些都纯属假设。”他说。

“是的，但你已经坚信，不是吗？”

“应该是吧。毕竟以前我也见过这种人。”

老太太点了点头。

“是的，这很重要，所以我才如此肯定。”

尼尔饶有兴味地看着她。

“因为你对罪犯十分了解。”

“噢，不，当然不。是因为帕特，可爱的女孩，她那种女孩总是遇人不淑——起初我就是因为这一点才开始注意他的。”

“我心里也许已经确信了，”警督说，“但还有很多问题有待解答——比如，露比·麦肯锡。我敢发誓——”

马普尔小姐打断他：

“你的方向是对的，但目标却选错了。去找珀西瓦尔太太谈谈吧。”

2

“弗特斯科太太，”尼尔警督说，“麻烦你告诉我你结婚前的名字。”

“噢！”詹妮弗倒吸一口凉气，面露惧色。

“不必紧张，太太，”尼尔警督说，“还是说出真相比较好。你结婚前名叫露比·麦肯锡，我应该没说错吧？”

“我……哎，好吧……老天啊，好吧，那又怎么样？”珀西瓦尔·弗特斯科太太说。

“也没什么，”尼尔警督和气地答道，接着又说，“前几天我去松林疗养院和你的母亲聊过。”

“她生我的气，”詹妮弗说，“现在我再也不去探望她了，因为那只会让她更难过。可怜的妈妈，她对爸爸的感情太深厚。”

“她把你们养大成人，就是为了向你们灌输夸张的复仇信念？”

“是啊，”詹妮弗说，“她总让我们按着《圣经》发誓，绝不忘记仇恨，总有一天要杀了他。后来我进医院接受护理培训，才开始发觉，她的精神状态不太正常。”

“但你自己也有复仇的愿望吧，弗特斯科太太？”

“哎，那当然。事实上，雷克斯·弗特斯科等于谋害了我父亲！我倒没说他真的拿枪拿刀直接杀害他，但我能肯定，他对我父亲见死不救。这其实没什么区别，不是吗？”

“从道德层面来说是一样的——是的。”

“所以我要报复他，”詹妮弗说，“当时我有个朋友负责看护他儿子，我就让她辞职，推荐我接替。其实我也不知道自己想干什么……我没有，我真的没有，警督，我真的从没打算杀死弗特斯科先生。我动过某些念头，我想故意疏于看护，任他儿子死去，但护士的职业道德不容许我那么做。事实上，我付出很多努力，帮助瓦尔渡过难关。后来他对我有了好感，向我求婚，我想，‘嗯，没有比这更高明的复仇方式了。’我是指，嫁给弗特斯科先生的长子，得到他从我父亲那里骗走的钱。我觉得这样要高明得多。”

“确实如此，”尼尔警督说，“高明得多。”他又问，“我想是你把黑画眉放到书桌上和馅饼里的吧？”

珀西瓦尔太太脸红了。

“对。我真是太傻了……但弗特斯科先生有一天大谈特谈别人怎么怎么愚蠢，还吹嘘他怎么怎么诈骗、凌驾于别人之上。噢，用的还都是合法手段。我就想——我得吓唬吓唬他。他确实被吓到了！他的心情简直跌到谷底。”她又急忙补充，“但除此之外我什么也没干！真的没干，警督，你该不会……你该不会真的以为我杀人了吧？”

尼尔警督微微一笑。

“不，”他说，“不会。对了，最近你是不是给了多芙小姐一笔钱？”

詹妮弗的下巴都惊掉了。

“你怎么知道？”

“我们知道的事情多着呢。”尼尔警督随即对自己说：“还有不少是猜出来的。”

詹妮弗的语速很快：

“她来找我，说你以为她是露比·麦肯锡。她说如果我肯出五百英镑，她就任凭你一直这么想。她说如果你知道我才是露比·麦肯锡，我就会变成谋杀弗特斯科先生和我继母的嫌疑人。我费尽周折才凑出那笔钱，因为我肯定不能告诉珀西瓦尔。他不了解我的身世。我不得不卖掉订婚钻戒，以及弗特斯科先生送给我的一条非常漂亮的项链。”

“别担心，珀西瓦尔太太，”尼尔警督说，“我可以帮你把钱要回来。”

3

第二天，尼尔警督再次约谈玛丽·多芙小姐。

“多芙小姐，”他说，“不知你愿不愿意开一张五百英镑的支票，我拿去还给珀西瓦尔·弗特斯科太太。”

见玛丽·多芙终于失去镇定，他不禁暗暗得意。

“是那蠢货告诉你的吧。”她说。

“是的。敲诈勒索是很严重的罪名，多芙小姐。”

“其实也算不上勒索，警督。依我看，你要以勒索的罪名指控我也不容易。我只是帮了珀西瓦尔太太一个有点特别的忙而已。”

“那么，如果你肯交出那张支票，多芙小姐，这件事就到此为止好了。”

玛丽·多芙取出支票簿和钢笔。

“真烦，”她叹道，“我现在手头特别紧。”

“想必你马上就要另谋高就了吧？”

“是啊。这份工作的结果和我的预期不太一样。在我看来，真是倒了大霉。”

尼尔警督表示理解。

“的确，这样一来你的处境相当艰难，对吧？我的意思是，我们很可能随时都会追查你的过去。”

已经恢复冷静的玛丽·多芙扬起眉毛。

“警督，我的履历无懈可击，这点我可以保证。”

“确实如此，”尼尔警督笑道，“我们没什么可针对你的，多芙小姐。不过说来也巧，之前你提供过卓越服务的三个地方，在你走后三个月左右，都不约而同发生了盗窃案。窃贼似乎对屋主存放貂皮大衣、珠宝这类东西的位置非常了解。这难道不是奇特的巧合吗？”

“世上总会有巧合的，警督。”

“噢，没错，”尼尔说，“巧合在所难免，但也不能太过频繁吧，多芙小姐。”他又补充道，“我敢说，将来我们还会再打交道的。”

“但我希望——”玛丽·多芙说，“恕我失礼，尼尔警督——我希望我们别再碰面了。”

第二十八章

1

马普尔小姐抚平行李箱里的衣物，将一截羊毛披肩塞好，盖上箱盖。她环视这间卧室，嗯，没有忘带什么。克朗普进来帮她把箱子拎下楼。马普尔小姐到隔壁房间去和拉姆斯伯顿小姐道别。

“承蒙你的款待，我却没什么可以答谢的。希望有一天你能原谅我。”

“哈。”拉姆斯伯顿小姐应道。

她一如既往地在玩纸牌。

“黑桃 J，红心 Q，”她边念叨边向马普尔小姐投来犀利的一瞥，“想必你查出了你要查的东西。”

“是的。”

“你应该都告诉那个警督了吧？他能办妥案子吗？”

“我相信他没问题，”马普尔小姐说，“可能需要一点时间。”

“我什么都不会问你，”拉姆斯伯顿小姐说，“你是个精明的女人，我看你的第一眼就知道了。我不怪你。罪恶就是罪恶，恶有恶报。这个家族总有一条邪恶的暗流。谢天谢地，不是从我们这边传下去的。我妹妹埃尔维拉是个傻瓜。如此而已。”

“黑桃 J，”拉姆斯伯顿小姐摩挲着那张牌说，“相貌英俊，心却是黑的。是的，我就怕这个。啊，好吧，坏人总那么招人喜欢。那孩子一直都很有办法。连我都被哄得团团转……关于那天从我这里出去的具体时间，他撒了谎。我没揭穿他，只是觉得奇怪……一直都在怀疑。但他毕竟是埃尔维拉的儿子——我不忍心说什么。啊，算了，你是个正直的女人，简·马普尔，而正义必须得到伸张。不过，我有点心疼他的老婆。”

“我也是。”马普尔小姐说。

帕特·弗特斯科在大厅里等着和马普尔小姐道别。

“真希望你别走，”她说，“我会想念你的。”

“我该走了，”马普尔小姐说，“我来这里的目的已经达到，虽然整件事——并不太令人愉快。但你知道，最重要的是邪不胜正。”

帕特面露疑惑。

“我不太明白。”

“嗯，孩子，也许有一天你会明白的。恕我多句嘴，如果——如果有一天你的人生出现了波折，我想最能给你快乐的，就是回到赠予你幸福童年的地方。回爱尔兰去吧，孩子，和马儿与小狗做伴。”

帕特点点头。

“有时我真希望弗莱迪死后我就回爱尔兰去了。但如果那样——”她的声音变得温柔许多，“我就不可能遇到兰斯。”

马普尔小姐叹了口气。

“我们不会在这里长住，”帕特说，“这些事解决之后，我们马上就会回东非去，我好开心。”

“愿上帝保佑你，孩子，”马普尔小姐说，“人需要莫大的勇气才能面对生活。我想你应该有这样的勇气。”

她拍拍女孩的手，然后放开，迈出前门，走向等待着的出租车。

2

当晚，马普尔小姐回到家中。

不久前刚从圣信孤儿院回来的吉蒂为她开门，满面笑容地迎接她。

“小姐，我准备了一条鲱鱼给你当晚餐。你回来真好。你会发现家里的一切都非常舒服。我已经做完开春大扫除了。”

“那就好，吉蒂，回家的感觉很好。”

马普尔小姐注意到房檐下有六处蜘蛛网。这些女孩从来都不抬头看看！但她毕竟心地善良，不忍心说破。

“小姐，你的信都放在客厅的桌上。有一封是错寄去黛西米德村的。他们老犯这种错，对吧？两个地方名字有点像，信封上写得又太潦草，也难怪会送错。那边的人刚好没在家，房子锁着，今天他们回家才把信送过来，还说但愿不是要紧的信。”

马普尔小姐拿起邮件，吉蒂说的那封信就放在最上面。看到那斑驳潦草的字迹，一种似曾相识的感觉浮上马普尔小姐心头。她拆开信。

亲爱的女士：

请原谅我写这封信，但我真的不知道该怎么办才好，我从没想过要害人。亲爱的女士，你会在报上看到新闻，他们说是谋杀，但不是我干的，真的，因为我绝对不会做那种坏事，而且我知道他也不会。我是指阿尔伯特。我说得有点乱，但事情是这样，我们是夏天认识的，准备结婚了，可是伯特还没讨回公道，他吃了很大的亏，被死掉的这位弗特斯科先生骗了。弗特斯科先生什么也不承认，大家当然都相信他，不信伯特，因为他有钱，而伯特很穷。不过伯特有个朋友，他工作的那个地方生产新药，有一种叫作吐真药的，可能你在报纸上看到过，人吃了以后不管愿不愿意都会说实话。伯特打算十一月五日去弗特斯科先生的办公室见他，还会带上律师，我负责把药放进弗特斯科先生那天的早餐里，等他们见面时，药效发作，他就会承认伯特说的都是实话。哎，女士，我把药加到橘子酱里，可现在他死了，我想可能药力太强了，不怪伯特，因为他绝不会做那种事，可我又不能告诉警察，因为他们也许会以为伯特故意杀人，但我知道他没有。噢，女士，我不知道该怎么办，也不知道该说什么，警察就在这座房子里，很可怕，他们问很多问题，严厉地盯着我，我不知道该怎么办，也没有伯特的消息。噢，女士，我不想麻烦你，但如果你能来帮帮我该多好，他们会听你的话，你一直都对我那么好。我真的没有恶意，伯特也没有。求你帮帮我们。

祝好

格拉迪丝·马丁

对了——附上一张伯特和我的合影。是夏令营的一个男孩拍下来送给我的。伯特不知道我有这张照片——他讨厌照相。不过，女士，你看看，他多帅啊。

马普尔小姐紧抿双唇，凝视着这张照片。照片中的两人四目相对，马普尔小姐的目光从格拉迪丝那充满爱慕之情、微微张开嘴的可怜面容，移向另一张脸——那正是兰斯·弗特斯科小麦色的、微笑着的英俊脸庞。

那封可悲来信的最后一句话在她脑中回响着：

你看看，他多帅啊。

马普尔小姐的眼眶中满溢泪水。先是同情，继而是愤怒，因凶手的残忍无情而愤怒。

随后，两种情绪都消退了，取而代之的是成就感——恰如一位科学家单凭下颌骨的残片与一对牙齿便成功地重建出灭绝动物的标本时拥有的成就感那样。

图书在版编目（CIP）数据

黑麦奇案 /（英）阿加莎 · 克里斯蒂著；辛可加译 . -- 北京：新星出版社，2018.4（2021.12 重印）

ISBN 978-7-5133-3004-6

Ⅰ. ①黑… Ⅱ. ①阿… ②辛… Ⅲ. ①侦探小说–英国–现代 Ⅳ. ① I561.45

中国版本图书馆 CIP 数据核字（2018）第 055649 号

黑麦奇案

［英］阿加莎 · 克里斯蒂 著；辛可加 译

统筹编辑：王　欢
责任编辑：王　萌
责任印制：李珊珊
责任校对：刘　义
封面插图：宣　和
装帧设计：周伟伟

出版发行：新星出版社
出 版 人：马汝军
社　　址：北京市西城区车公庄大街丙3号楼　100044
网　　址：www.newstarpress.com
电　　话：010-88310888
传　　真：010-65270449

读者服务：010-88310811　service@newstarpress.com
邮购地址：北京市西城区车公庄大街丙 3 号楼　100044

印　　刷：北京天恒嘉业印刷有限公司
开　　本：910mm × 1230mm　1/32
印　　张：7.375
字　　数：101千字
版　　次：2018年4月第一版　2021年12月第六次印刷
书　　号：ISBN 978-7-5133-3004-6
定　　价：39.00元
